楊塵攝影
文集07

中國文人盛事紀要五千年

楊塵／著

楊塵（本名楊文智，英文名 Jack）

　　臺灣科技大學電子工程系畢業，曾從事於臺灣的半導體和液晶顯示器科技產業，先後任職聯華電子、茂矽電子、聯友光電、友達光電和群創光電等科技公司。

　　緣於青年時期對文學、歷史和攝影的熱情，離開科技職場之後曾自行創業，經營過月光流域葡萄酒坊和港式飲茶餐廳。現為自由作家，主要從事攝影、散文、詩集、旅遊札記、生活美學、創意料理和美食評論等專題創作。

　　在我業餘攝影長達三十幾年的時間裡，窗一直是我興趣的主題之一，久而久之也累積了不少照片，本來想出一本以「窗」為主題的攝影專輯，後來想對每張照片寫一些文來搭配，但是寫什麼文呢？我始終有點六神無主，理不出頭緒。我拍的窗以古典的形式居多，因此常令人遐想，一扇窗前可能有一位姿態優雅的女子正端坐在那兒化妝梳容，或是一位刻苦的學子正埋頭在寒窗前苦讀。尤其中國歷代文人無一不是歷經「十年寒窗無人問，一舉成名天下知」這樣艱辛的求學過程，於是變成想把中國歷史上最有名的「文人盛事」按照年代寫成短文，把「窗」主題的照片用來搭配的想法。就這樣主客易位，原本的攝影集變成如今的散文集，真是有心栽花花不開，無心插柳柳成蔭，雖然這樣的轉變增加了好幾倍的時間和心力，但卻也讓我在中國文學浩瀚的歷史長河裡又重新遨遊了一遍。

　　中國文明博大精深，從出現遠古文字符號的夏朝開始到現代，貫穿歷史五千年，這其中有記載的歷史人文和文化事件多到不勝枚舉，遺留下來的文章典籍亦是汗牛充棟，想要在如此龐大的文化資產中加以閱讀和學習，需要花費的時間和精力太過巨大，著實令人頭痛，除了文學、史學、哲學系的學生或學者，比較可能全面性和有系統地學習和鑽研之外，一般人很難有這麼多時間去閱讀和一窺全貌。在如此豐富厚重的前人遺產中，一般對中華文化有興趣的讀者，很難找到一本可以簡要概括整個中國文學的一本書。在這樣的狀況下，本人嘗試著在中國文學的浩瀚大海中，撈取一些比較重要的文人盛事來加以編輯。本書設定的範圍集中在文學、史學、哲學三方面，尤其又以文學為重點，若以文人的屬性來劃分則側重在文學家、哲學家、詩詞家、繪畫家、

書法家、戲劇家、散文家、小說家，當然許多優秀的中國文人往往兼具各家之長。本書以歷史的時間軸從夏商周到近現代共分為十個年代區間，在每個歷史年代，把該區間最重要的文人盛事編成目錄，根據這個目錄再去簡介該則文人盛事的內容，每篇文字儘量簡潔扼要控制不超過五百字，如此這本書才不至於太過龐大，讀者比較可以輕鬆閱讀，讀者讀過每篇簡介之後，有興趣了解更多或想鑽研更深入的，便可以再去查閱或詳讀該作者的有關典籍或文章。本書限於篇幅，也根據本人的觀點在選取上儘量涵蓋中國歷史五千年來最重要的文人事跡和文章著作，但中國文人盛事璀璨如繁星，遺珠之憾是在所難免。另外本人一直從事業餘攝影多年也積累了一些照片，其中以「窗」攝影為主題的作品，剛好搭配此一中國文人盛事紀要，以祁讀著閱讀時比較有些古典的氛圍，在此也要感謝每張照片背後和我一起旅途遊歷的家人和朋友。這本書除了對中國文學有興趣的讀者可以一窺中華文明歷史長河的經典著作之外，也適合在校學習的學生做為一本中國文學的簡要目錄和導讀，如果本書能有助於中國文學的入門者，繼而去發掘我們祖先無盡的寶藏，那將是本人人生一樂也。

楊塵
2021.6.26 於新竹

目錄

魏晉南北朝　　72

隋唐五代十國　　102

近現代 296

後記 316

夏商周

倉頡造字為華夏文明開創不朽之功

　　中華文明的起源始於有文字記載開始，遠古社會人類以結繩、木刻記事，但隨著人們日常活動日益增多，事物種類繁雜，結繩和木刻記事已經無法表述，不能適應需求，故有造字出現。漢字的創造者相傳是倉頡，倉頡造字，出自《荀子》、《呂氏春秋》、《淮南子》等著作。《淮南子‧本經訓》：「昔者倉頡作書，而天雨粟，鬼夜哭。」此乃讚美倉頡造字之功績，驚天地而泣鬼神。倉頡為上古黃帝時期之人（傳說他有兩眼四瞳，是黃帝之史官，但不可考），相傳他造字之初是從獵人那裡獲得的靈感，倉頡發現獵人捕抓野獸是根據泥土上的蹄印，不同的蹄印形狀代表不同的野獸。受到這個啟發，他開始日思夜想，到處研究，晚上仰視天上星宿的分布情況，白天觀看山川湖泊的形狀，仔細追蹤鳥獸魚蟲的痕跡，並用心觀察草木器具的樣子；然後他開始描摹繪寫，創造出各種不同的符號，並賦予每個符號特定的意義，倉頡把這些符號稱為字。根據考古，中國的上古先民早在七、八千年前就在龜甲和獸骨上劃刻符號，而五、六千年前的仰韶文化出土陶罐上也有刻劃符號，這些符號被認為是早期的文字。故普遍認為黃帝時期的倉頡除了本身造字之外，同時也收集彙整了先民的文字，是一個文字集大成者，不管如何，倉頡造字絕對是中華文明最偉大的開創者之一。

中國神話創作鼻祖《山海經》

　　《山海經》是中國先秦一部充滿神話傳說的奇書，作者已不可考，司馬遷曾在《史記》中說他在寫大禹本紀時，發現《山海經》裡面有很多怪物的記載，他不敢說，而現存最早的版本是晉朝郭璞的《山海經傳》。《山海經》主要是記載以華夏文明為中心的四面八方，其間的山川地理、動物、植物、礦物、巫術、宗教、民俗等等，其中一些地理山川是真實存在的，但是許多神獸怪物和人類卻極富神話色彩和超能力想像，像夸父逐日、精衛填海、羿射九日、鯀禹治水等等，這些故事似乎與不同的部落族群的圖騰崇拜和地方祭祀風俗有關。事實上在遠古社會，人類面對天地山川、湖泊、大海等自然環境中的氣候變化和其中的飛禽走獸和游魚充滿敬畏和未知的想像，而能賢者又受到人們的崇拜和神化，《山海經》應該就是這樣一種虛實交錯之下的產物，但同時它也是華夏文明充滿想像力的經典創作。現在很多電影、動漫裡的人物、神獸、怪物、武器等仍是以《山海經》為藍本創作出來的。

夏商周

18

《易經》博大精深成為群經之首大道之源

　　《易經》是闡述天地世間萬象變化的古老經典，是中華民族一部博大精深的辯證哲學書籍。《易經》相傳為周文王所著《周易》演化而來，它的核心理論是以太極、陰陽、五行、八卦來解釋天地萬物的運行，它最早是被作為「卜筮」之用，「卜筮」就是對未來的事態發展進行預測，而《易經》就是總結這些預測之規律理論的書。其內容涉及的範圍包含哲學、政治、文學、科學、生活、藝術等諸多領域，是華夏文化百家共同的經典，因此被譽為群經之首、大道之源。《易經》是把自然科學和社會科學融為一體而哲理性很強的一本著作，古人透過觀察星象的變化、四季的輪迴、山川地貌的屬性等而歸納出宇宙運行的規律，並透過觀察人一生的變化、生老病死、興衰成敗而總結出社會運作的規律。把宇宙運行規律的自然界大系統與人運作規律的社會小系統加以融合，這便是《易經》的精髓所在，宇宙運行的規律中雖有變數但仍是可以預測的，因而人在社會運作的規律雖然也有變數，但也是可以預測的，這便是中華民族祖先的智慧。人的生老病死就像四季輪迴，人的成功失敗就像日月盈虧，物極必反，死而後生，興衰起落，循環不息，因而歷經超過三千年的歷史朝代更迭，《易經》中的諸多哲理仍適用於國家治理，仍適用於現代社會生活，仍適用於居家為人處事，難怪我們中國人說讀懂了《易經》就讀懂了人生。

中國第一部官方歷史記事散文《尚書》

　　《尚書》又名《書》或《書經》與我國儒家典籍《詩經》、
《禮記》、《周易》、《春秋》合稱五經。尚，上也，《尚書》
即是「上古之書」，內容主要是上古時代官方活動的歷史記錄，
按年代裡面又分為《虞書》、《夏書》、《商書》、《周書》。《尚
書》相傳是孔子編定，但秦始皇統一六國後，頒布《焚書令》，
原有的《尚書》抄本已被焚燒殆盡，西漢武帝時期，相傳魯恭
王在拆除孔子故宅的一段牆壁時，發現一部《古文尚書》，當
時即用漢代流行的隸書抄寫成《今文尚書》。西晉時期爆發「永
嘉之亂」，西晉滅亡，五胡亂華，衣冠南渡之後於東晉出現一
部《古文尚書》，後人認為是偽《古文尚書》，現在通行的《尚
書》就是西漢的《今文尚書》和東晉的偽《古文尚書》的合編
本。《尚書》所錄為上古時期虞、夏、商、周各代官方的重大
事件、君臣之間的謀略、大臣開導君主的訓詞、君主訓誡士眾
的誓詞和君主發布的命令等，這些歷史記事也是中國最早散文
的一種形式，其核心內容在敬天養德而民治，對後來歷朝各代
之國家治理產生很大的影響。現在通用的許多成語皆出自《尚
書》，如「無稽之言」、「克勤克儉」、「有條不紊」、「功
虧一簣」等。

春秋戰國

22

中國詩歌的源頭 《詩經》

　　《詩經》是中國詩歌的源頭，也是中國最早的詩歌總彙。它收集了從西周初期到春秋中葉（西元前 11 世紀到西元前 6 世紀）大約五六百年間，以黃河流域為中心周王室及其他諸國各地官方和民間詩歌共 300 多首，又稱《詩三百》。《詩經》相傳是尹吉甫採集，後由孔子編定，在內容上分為《風》、《雅》、《頌》三部分。《風》是周朝各地民間的土風歌謠，主要是描述民間的勞作、風俗與婚姻、男女愛情、地理風貌、戰爭和社會寫實等。《雅》是記載周朝貴族或是官方活動如戰爭、宴會、祭祀等歷史事件的詩歌。《頌》是周朝王室祭祀宗廟用的詩歌，通常是以唱歌跳舞的方式來對祖先歌功頌德並以此來告祭神明。《詩經》是中國的古典詩歌，內容直白含蓄，簡潔優美，其中《關雎》、《桃夭》、《蒹葭》、《鹿鳴》、《采薇》、《無衣》等都是名篇。

老子倒騎青牛出函谷關著《道德經》

　　老子姓李名耳，號老聃，春秋末期楚國人，曾擔任周朝王室守藏室的史官，負責國家圖書的管理工作。後來周王室內亂，圖書被王子強取出逃，老子被罷官，遂欲入秦歸隱，來到函谷關（今河南靈寶市），守關關令尹喜請老子住留數日並求著作，老子把五千言手稿交予尹喜後，便倒騎青牛出函谷關，這便是聞名天下的《道德經》。《道德經》分上下兩篇，上篇是道經，下篇是德經。道經主要是講「道」是宇宙的根本，天地之幻化、日月星辰之運行和四季之更迭都是大自然的規律，有些是人無法感知的，但它無意志地依循大道而行，生滅不息。德經主要是講「德」是人的根本，而人生存在天地之間，人之德必須依循大道而為，而大道是無為的，因此必須減少人為的干預，順應自然，如果不符合這個德性，必然導致人性紛爭，社會不和，國家動亂。《道德經》認為人不能體悟大道之真理，胡亂作為，才是禍難的根源。

春秋戰國

至聖先師孔子以半部《論語》治天下

　　孔子，名丘，字仲尼，春秋末期魯國（今山東曲阜）人，開創古代私人講學之先河，收有弟子三千人，其中賢者七十二人。曾帶領部分弟子周遊列國十四年，並于晚年修訂《詩》、《書》、《禮》、《樂》、《易》、《春秋》，去世後，其弟子和再傳弟子把孔子和眾弟子之間的對話和言行，彙編成語錄，名為《論語》，被後世奉為儒家經典，對中國歷史、政治、經濟、文化、教育等影響巨大深遠，孔子也被尊稱為至聖先師和萬世師表。《倫語》的核心價值觀是仁，認為仁是身為人的最高道德規範，而人與人之間，人與家庭、社會、國家之間，最佳的治理方案就是合乎禮。孔子的治國最高理想是天下為公的大同世界，並認為人心中無「仁」以及行為無「禮」是導致人與人紛爭、家庭失和、社會動盪、國家戰爭和天下大亂的主因；因而有半部《論語》就可以治天下的美譽。

春秋戰國

春秋三傳成為孔子《春秋》的最佳註解

　　《春秋》有兩部，孔子周遊列國十四年後回魯國，晚年於公元前 483 年根據東周前半期魯國歷史編寫的一部歷史評論叫《春秋》；另外有一部是秦相呂不韋和其門人於公元前 239 年編撰的上古時期類似百科全書的文集稱為《呂氏春秋》，這兩部是不一樣的。據說孔子寫《春秋》期間有人捕獲麒麟，孔子看了掩面大哭，說麒麟是太平盛世的仁獸，不該在這個亂世出來啊！之後就不再寫《春秋》了。孔子寫《秋春》時，用詞精簡，文字隱晦，含義深遠，順理成章地褒貶歷史事件，後人稱孔子作《春秋》微言大義，而亂臣賊子懼。但也因為言詞過於精簡深遠，一般人不太能看懂，因此後世便有專門註解《春秋》的書籍稱為「傳」，其中又以春秋末期邾國人左丘明的《左氏春秋傳》簡稱《左傳》、戰國時期齊人公羊高的《春秋公羊傳》、戰國時期魯國人（另有此書成書於西漢時期一說）穀梁赤的《春秋穀梁傳》最為有名，合稱春秋三傳。蓋傳者轉也，三傳都是轉受《春秋》經旨，以授後世者，因此自古迄今，讀《春秋》必讀三傳。

春秋戰國

中國第一位偉大的科學家墨子

　　墨子，名翟，春秋末期戰國初期宋國人，中國古代著名的思想家、科學家、教育家和軍事家。墨子是墨家學派的創始人，他提出了「兼愛」、「非攻」、「尚賢」、「尚同」、「天志」、「明鬼」、「非命」、「非樂」、「節葬」、「節用」等觀點。墨子是沒落貴族的後裔，曾做過牧童，學過木工，儘管文化知識很高，而且一開始卻從儒家，但他反對儒家信天命、鬼神之說，他也比較站在社會農工階層的立場，反對儒家固有的社會階級貴賤之分，因而站在傳統儒家學說的對立面。他的思想主張受到很多人的認同，他因此廣收門徒，自成一派，在那個百家爭鳴的年代，與儒家形成兩大門派並稱「顯學」，有「非儒即墨」之說。他主張愛人如己，反對不義之征伐，因此提出許多守城的戰略和設計了各種守城設備，並且由墨家弟子墨者組成的兵工團協助弱小國家組建防禦工事，抵抗大國侵略。墨子思想高深，他提出的宇宙觀、幾何學、物理學、光學、聲學等，在當時的年代可謂領先全世界，他提出的光線沿直線傳播，在現在看來仍是相當先進。2016 年中國科學院發射了全球首顆量子通訊科學實驗衛星並命名為「墨子號」，就是為了紀念墨子這位我國古代第一位偉大的科學家。

商鞅變法成就秦國統一天下霸業

　　商鞅，戰國時代魏國人，入秦為秦孝公重用，主持變法運動。他的變法主要有：廢除貴族的井田制度、以封爵賜地獎勵軍功、實行土地私有制、推行縣制、統一度量衡、推行個體小家庭制等。商鞅的變法讓秦國的舊制度被徹底廢除，土地私有制提高了百姓墾荒種植的意願，促進了小農經濟的發展，軍功封爵賜地的獎勵，提高了基層民眾從軍的熱情，大大增強了秦國的軍事武力。這個巨大的律法變革，造成了秦國社會階級的變動，卻也觸動到了秦國舊有貴族的利益，於是商鞅變法受到以甘龍和杜摯為代表的老世族的反對和抵制。秦孝公死後，商鞅失去變法強而有力的支持，最後慘死於車裂（俗稱五馬分屍）極刑，令人慨嘆萬分，但變法卻繼續在秦國生根茁壯，變法約130年後，秦王嬴政以富國強兵之姿橫掃六國，一統天下，可以說商鞅變法的成功間接促成了後來秦始皇的統一霸業。

34

孟子繼承孔子儒家道統思想成為亞聖

　　孟子，鄒國（今山東鄒城）人，戰國時代思想家、教育家，是繼孔子之後的儒家思想代表人物，與孔子並稱孔孟。小時候喪父，其母為了教育他而有「孟母三遷」之故事，曾受教于孔子後人子思之門人，孟子繼承了孔子仁政思想學說，帶著他的弟子從鄒國出發，周遊列國去遊說各君王，推行他的政治主張。可是他的遭遇和孔子一樣，當時戰國互相征伐，各國君王以功利優先，要的是如何富國強兵，因此孟子的學說不為各國接受，繞了一圈，他晚年只好又回到自己國內從事著作和講學，他和他的弟子把對儒家思想的闡述，寫成《孟子》一書。孟子的主要思想是「人性本善」、「民貴君輕」、「仁者無敵」、「得道多助，失道寡助」、「順天者昌、逆天者亡」，總之孟子認為在上者以民為本，推行仁政，達到「老吾老以及人之老，幼吾幼以及人之幼」，那麼君王就會受到百姓的擁戴，反之君王無道，必受人民推翻。孟子被後世尊為亞聖，他的學說雖是立論於兩千多年前，但對於現代國家政權的領導者來說仍是金玉良言，真是我中華民族偉大聖賢的智慧啊！

莊子道法自然成為中國哲學寓言大師

　　莊子，名周，戰國時代宋國蒙邑人，戰國時代著名的哲學家、思想家、文學家，道家學派的代表人物，與老子並稱老莊。他曾經當過宋國的地方官漆園吏，後來楚威王曾聘其出任楚相，但莊子崇尚自由，辭而不受，晚年他歸隱研究道學，寫成《莊子》一書。莊子的哲學思想主要是繼承了老子「道法自然」的思想觀點，老子的「道」著重在客觀的宇宙規律的運行上，而莊子的「道」更關注在以人為核心的精神世界和大自然運行的連結，他認為道是世界萬物的本源和宇宙運動的法則；道是無形相的，在時空上是無生無滅的。因此他主張效法自然，要無為，減少人為的干預，反對儒家強加于人的禮教規範和道德約束，他認為太多人為的教化和訓誡那些背離自然的一切都是「偽」學，人只有保持心靈的空虛才能去掉我執和超越外物的束縛，這樣在精神上才能達到人與天（道）合一的至善境界。《莊子》一書，裡面大都為寓言，有很深的哲理，莊子用很生動的天地間人事物加以描述和演繹，具有很高的文學藝術性，小到一隻螻蟻，大到一隻鯤鵬，莊子讓我們無限逍遙，遨遊于他的浩瀚宇宙，因之被稱為哲學的文學家或文學的哲學家。到現在我們常用的許多成語如「白駒過隙」、「朝三暮四」、「鵬程萬里」、「庖丁解牛」、「扶搖直上」、「以管窺天」、「捉襟見肘」、「望洋興嘆」等等皆出自《莊子》。

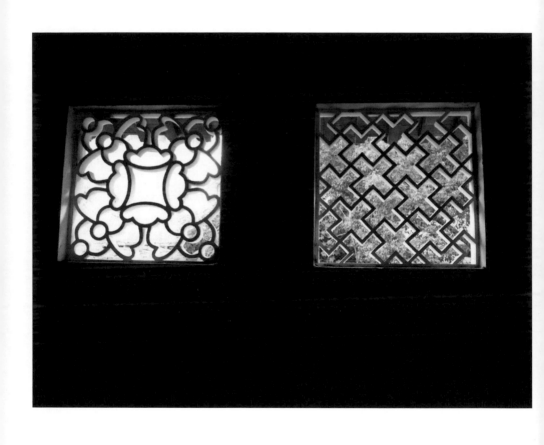

38

莊子和惠子的世紀之辯《魚快樂嗎？》

　　莊子是戰國時代宋國人，有一次和其好友惠子在濠水（今安徽鳳陽）的橋樑上遊玩。莊子說：白鰷魚在水中悠游自在，這是魚的快樂啊！惠子說：你又不是魚，怎麼知道魚的快樂呢？莊子說：你又不是我，怎麼知道我不知道魚的快樂呢？惠子認為莊子不是魚，不可能知道魚是否快樂，這是從客觀的主體上出發來認知事物，但莊子剛好相反，它是從主觀的移情上來感受外物。在同樣一件事情上，不論誰是誰非，只能說兩人在思想上是從不同的出發點來看世界。莊子和惠子兩人關係親密但思想不同，兩人針鋒相對爭辯了一輩子，惠子死後，莊子和眾弟子路過惠子墓前，莊子說了一個故事：楚都郢有兩個工匠，工作時一人鼻子上沾了蒼蠅大小的灰泥，另一工匠拿起斧頭往他臉上猛然一刷，那人摸摸鼻子上的灰泥不見了，而鼻子也絲毫未損。這事被另一宋人知道後，想請這工匠去同樣表演，這匠人說我確實幹過這事，但我那朋友已經死了，再也沒法演示了。看來莊子這輩子唯一的辯友知己唯惠子矣！

《楚辭》開創者愛國詩人屈原

　　屈原（約西元前 340 年 - 西元前 278 年），戰國時代楚國人，楚懷王時任三閭大夫，掌管內政和外交大事。曾力主連齊抗秦，因受貴族排擠和奸臣毀謗，被流放到今湖南沅湘流域一帶，秦軍攻破楚國郢都後，投汨羅江，以身殉國。屈原於農曆五月五日投江殉國，至今我國的傳統節日端午節有吃粽子和划龍舟以及詩歌朗誦活動的習俗，相傳就是人們為了紀念他。屈原是中國歷史上一位偉大的愛國詩人，也是中國浪漫主義文學的開創者，他的著名詩篇《離騷》、《九歌》、《九章》、《天問》等成為中國古代南方文學之楚地歌辭《楚辭》代表作。而其中《離騷》更是和《詩經》中最精彩的《國風》並列為中國古代詩歌的兩顆璀璨明珠，因而有「各領風騷」這個成語典故。江山代有才人出，各領風騷數百年；屈原的風骨和其詩歌對後代中國文學的發展影響非常深遠。

荀子繼孔孟之後成為儒家第三大思想家

　　荀子，戰國末期趙國人，戰國時代著名的哲學家、思想家、教育家，是繼孔子、孟子之後，儒家的代表人物。荀子曾三次擔任齊國稷下學宮祭酒，兩度出任楚國蘭陵令，晚年退居於蘭陵收徒授課，著書立說，寫成《荀子》一書，被稱為後聖。荀子對諸子百家的學說都有所批評，唯獨尊崇孔子的思想是最好的治國理念，他以孔子思想的繼承人自居。荀子的主要思想是「天道自然」，商周以來，天道常被人格化為神，荀子認為天道是沒有理性、意志、善惡好惡之心，宇宙的生成是萬物自身運動的結果而不是神造，因此他反對信仰天命、崇拜鬼神。對於人性，他和孟子的人性本善剛好相反，他認為人性本惡，人有先天好利、好逸、好色的本性，如果任由發展，便會引起人與人之間的爭奪，導致社會混亂；因此必須推行禮義、法治，來教化和改造人性之惡，普通人透過這樣的道德修行也能成為君子、聖賢。在荀子看來，禮著重在道德的規範，但是如果能夠禮、法併行，那麼禮就能夠制度化，這是國家治理上最重要的。荀子的弟子韓非、李斯重法治思想，之後成為法家的代表人物，荀子因此也被一些人貼上法家的標籤，其實荀子的核心思想仍是儒家的正統傳承。

韓非子師承儒家卻集法家大成

　　韓非，戰國末期韓國新鄭（今河南省）人，韓國宗室出身，青年時有抱負和才學，對於韓國未能任用賢才來治國導致積弱，曾上書韓桓惠王，但不被採納，故轉而埋首著作其法家的新論述。韓非的著作傳到秦國，秦王非常讚賞他的才華，曾表示如果能和他交遊，即便死也沒有遺憾了。韓非來到秦國時，正處於秦國欲攻打韓國之際，李斯嫉妒韓非的才學便誣陷詆毀他，最終韓非被李斯派人毒死。儒家思想代表人物之一的荀子主張人性本惡，認為光靠道德的教化無法治理人性之惡，必須在推行禮義之外，也注重法治之執行，是所謂禮法併行。韓非和李斯都是荀子的弟子，尤其韓非雖師承儒家但他日後集商鞅之「法」、申不害之「術」和慎到之「勢」，變成集法家思想之大成的代表人物，被後世尊為韓非子。韓非子認為時代不斷進展，不能一昧師承古人治國的方法，尤其當時天子勢微導致諸侯群雄割據，天下分裂。他的理想是要建立一個統一的中央極權封建國家，必須明定法律，嚴刑峻罰，依法治國，要達到這個目標，君王必須擁有掌握軍政大權的勢（權利）以及駕馭群臣的術（手段），這個「法勢術」一體的思想正是他天下大治的核心要義；韓非子死後的十二年，秦王嬴政根據他的法家理論實現了兼併六國，一統天下的目標。韓非子不但對中國第一個中央集權之大秦帝國的建立有不可抹滅的貢獻，現在我們仍在使用的諸多成語如「自相矛盾」、「守株待兔」、「濫竽充數」、「諱疾忌醫」、「老馬識途」等也皆出自《韓非子》書中的許多充滿哲理的寓言故事。

秦漢三國

秦始皇焚書坑儒的千秋功過

　　公元前 213 年即秦始皇統一六國的八年後，秦始皇採納丞相李斯的建議，下令焚燒《秦記》以外的列國史記，並對不屬於國家博士館收藏的民間《詩》、《書》也一律焚毀，只保留醫藥、農牧和占卜之類書籍。焚書後的第二年又坑殺以方士盧生為首的民間術士共四百六十餘人。焚詩書、坑術士，這兩個獨立事件被後世史家標名為「焚書坑儒」。焚書起因於秦始皇廢分封制而改用郡縣制，分封是古制而郡縣制是新的國家管理機制，當時李斯認為統一六國後根基仍不穩，若要貫徹中央集權，就要廢除各國各自為政的思想根基，因此那些師法古制，不利於新國家整合的言論著作必須銷毀。坑儒起因於替秦始皇求長生不老藥的方士盧生，拿不出成果卻攜帶大批資金潛逃，並於民間同一批術士和儒生在背後議論批評秦始皇的不是，秦始皇因而大怒收捕這群人並加以坑殺。焚書是秦始皇對帝國統一和治理的手段，但對歷史文化的多元性是一大損失，坑儒是秦始皇對欺君非議的殺雞儆猴手段，但因此也對儒生文士產生了寒蟬效應。焚書坑儒在中國歷史的評價，褒貶不一，褒者認為這不過是秦始皇一統天下偉業過程中的小瑕疵而已，而貶者尤其儒家認為這對中國歷史文化造成了無法挽回的傷害。直到現在這位千古一帝的歷史功過，仍是今人經常研究評說的主題。

中國第一部國家治理方案巨著《呂氏春秋》

　　在秦始皇統一六國（公元前 221 年）前夕，秦國相邦呂不韋召集手下門客於公元前 239 年編撰完成了《呂氏春秋》。《呂氏春秋》是中國第一部有組織按計劃編撰的著作，它是以道家思想為核心，並把儒家、名家、墨家、法家、農家、兵家、陰陽家等諸子百家的思想，經過遴選取捨然後編寫收錄。書中對國家治理的中心思想是，統治者人為的立法和治理必須符合天道，若違反天道必遭天道懲罰，強調依行天道之人為治理才能地利人和。在戰國爭霸之下，各國都致力于武功發展，而諸子百家爭鳴其中，各家思想各有優缺利弊。秦王嬴政志在武力統天下，但呂不韋以其過人的遠見，事實上早在為一統天下後的國家長治久安作準備，這部巨著《呂氏春秋》正是呂不韋心中理想的大秦帝國之國家治理思想指導方案。雖然《呂氏春秋》被後世歸為雜家，但能包攬統合諸子百家學說，呂不韋當時還是相當滿意自豪，他甚至叫人全書謄抄公示于首都咸陽城門，若有人能更動書中一字則賞千金，留下了「一字千金」這個成語典故。

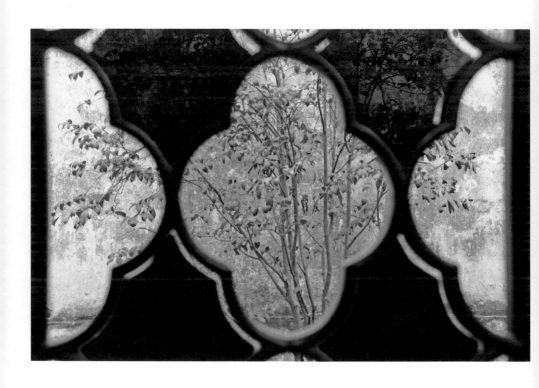

50

漢朝的新詩體《漢樂府》

　　漢樂府是中國漢朝特有的詩歌形式，通常以演唱和奏樂的方式來進行。樂府這個機構始設於戰國，秦漢沿置，它是少府（皇室事物總管）下轄中專門管理樂舞演唱教習的單位；漢樂府本是漢初掌管採詩作樂的一個官署，漢武帝時這個單位專門把文人的詩作拿來編曲配樂做為宴會和祭祀之用，並和收集自民間的歌謠　起收錄成漢朝的樂府詩歌，簡單講漢代的《樂府》只是配樂用的歌詞，後來的朝代根據《漢樂府》這種詩體來創作的詩作就統稱《樂府詩》或簡稱《樂府》。《漢樂府》是中國繼《詩經》和《楚辭》之後，發展出來的一種新的詩歌體裁，在《漢樂府》之前的詩歌，比較沒有固定的語言格式，但至《漢樂府》時有很明顯的由雜言詩趨近五言詩的格式，而且女性題材的作品占了很重要的位置，漢樂府名篇有《上邪》、《孔雀東南飛》、《江南》、《木蘭詩》、《陌上桑》、《垓下歌》、《大風歌》、《長歌行》等。

52

詞藻華麗氣勢恢宏的漢賦四大家

　　「賦」源於《詩經》和《楚辭》，它講求文采和韻律，是一種兼具詩歌和散文性質的特別文體。其特點是體察物象，抒寫情志，文采鋪陳，到了戰國末年荀子、宋玉時獨立成一種文體，進入漢代後發展成一種流行的文體，是一種有韻律的散文，它常常是以恢宏的氣勢陳述以及豐麗的詞藻堆砌而成的長篇大作。漢代國力強盛，武功彪炳，物資充沛，朝廷的主政者喜歡大氣磅礴的文章，因而漢賦也多有讚美當朝和歌功頌德之作。其中漢賦的傑出作品有司馬相如的《子虛賦》、《上林賦》、《長門賦》，揚雄的《甘泉賦》、《羽獵賦》、《長楊賦》，班固的《兩都賦》，張衡的《二京賦》、《歸田賦》，而司馬相如、揚雄、班固、張衡又合稱漢賦四大家。

董仲舒建議漢武帝罷黜百家獨尊儒術

　　秦朝實行法家的嚴刑峻罰政策，民生壓力極大，秦末各地起兵，戰亂不斷，民不聊生。因此漢初從高祖劉邦到文景之治，一直奉行道家無為而治的黃老之術，政策上輕徭薄賦，養民生息，讓社會經濟得以恢復增長。到漢武帝時，漢朝國力和經濟皆已發展壯大，漢武帝開始轉守為攻，對外開疆闢土，不斷征伐。這時道家無為而治的黃老思想已經不符合時代的需求，另外百家之言，思想各異，不利於帝國的統治和整合，漢武帝於是採用博士董仲舒的建議「罷黜百家，獨尊儒術」。董仲舒以儒家思想為核心，融入陰陽五行學說，發展出一套君權神授的帝制統治體系。漢武帝以儒家思想當成用人標準和治國政策，壓抑了諸子百家多元發展的蓬勃生機，而儒家學說也獨家成為往後兩千年歷代中央集權專制制度的正統思想。

56

司馬遷忍辱被閹寫完曠世巨著《史記》

　　《史記》是中國第一部紀傳體通史，也是中國二十四史之首，作者司馬遷是以人物為中心來撰寫的一部史書，它對日後中國史書的編寫起到重要而深遠的影響，後世因此尊稱司馬遷為太史公。司馬遷父親司馬談是漢武帝時的史官，司馬遷家學淵源深厚，加上本身才學優異，遊歷甚廣，後來也子承父業當上史官。漢武帝在位時，在政治和軍事上反守為攻，對匈奴採取主動出擊的戰術；而李陵對匈奴的一次戰役中，李陵以少擊多，戰到箭盡援絕，最後兵敗被俘，投降匈奴。司馬遷認為戰役中漢軍援軍未到，李陵有冤屈，在朝廷上替李陵辯護，最終觸怒漢武帝，被判入獄並處以宮刑（閹割去勢）。司馬遷入獄時，原本可以選擇一死來保持個人名節，但他的史記撰寫計劃才進行到一半，而且父親臨終遺言，希望他能完成史上第一部通史的編撰，司馬遷屈辱地選擇腐刑之後，化悲憤為力量，繼續寫史，前後共歷時十四年，終於完成了這部中國史書的曠世巨著。

秦漢三國

淮南王劉安與門客編撰《淮南子》集道家大成

　　《淮南子》一書又名《淮南鴻烈》，是西漢皇族淮南王劉安和其幕下門客一起編撰的一部哲學著作。該書被後世列為雜家，事實上它是以先秦道家思想為核心，融入部分儒家和其他諸子百家的思想，而寫成的一部書。自從漢高祖劉邦建立漢朝以來，劉姓宗親被分封任諸侯國王，諸侯國王與朝廷中央的權利鬥爭，一直都不曾停過。劉安的父親劉長是漢高祖劉邦的庶子，漢景帝時劉安承襲父親爵位任淮南王，漢景帝死後劉徹繼任皇位是為漢武帝。漢武帝時採用董仲舒的意見，獨尊儒術，罷黜百家，事實上是一個加強中央集權的手段，這和漢朝建立以來所遵奉的黃老（黃帝和老子）無為思想，大相逕庭。淮南王劉安平日積蓄抹礪，有心圖謀天下，終因與漢武帝劉徹路線不同，起兵謀反，最後兵敗自殺。道家在中國的發展，從一開始的黃老（黃帝和老子）思想，在南方逐漸轉成老莊（老子和莊子）思想、甚至是莊列（莊子和列子）思想，而淮南王劉安正處吳楚之地，因此《淮南子》一書所集道家思想之大成，可以看到此一發展的軌跡。《淮南子》一書，上至天文，下至地理，從個人養生，到古今治亂存亡禍福之哲學無所不包，是一部至今歷久不衰的古代經典著作。

蔡倫發明造紙深刻影響人類歷史文明進程

　　中國文字最早的載體在商周時是用龜甲、獸骨，後來先秦時期進展到竹簡、絲帛。龜甲、獸骨記載文字的方式是刀刻，竹簡一開始也是用刀篆刻記載文字，但是此法速度慢很花時間，戰國時代秦國大將蒙恬發明（或說改良）毛筆，用毛筆蘸墨書寫在竹簡上，速度大大提高了，但是竹簡本身製作費工，不但體積大而且笨重。商周時期養蠶取絲製成絲帛已初具規模，而毛筆於春秋戰國時代發明後，開始有用毛筆書寫於絲帛之上稱為帛書或繒書，但是絲製品屬於昂貴材料，用來書寫文字並不普遍。東漢時期鐵匠世家出身的蔡倫任職宮廷宦官，他深諳製造工藝，一開始被委以刀劍器械的督造，非常出色，後來他又以樹皮、麻布、漁網等材料來製紙，這種在前人造紙的基礎上改良出來的紙又薄又輕，用毛筆書寫非常快速方便。蔡倫把它進獻給漢和帝，受到皇帝讚賞並昭告天下推廣使用，後來他被封為龍亭侯，而人們稱蔡倫發明（或稱改良）的紙為蔡侯紙。東漢時期，西方國家當時書寫的載體仍是羊皮或小牛皮，一樣無法普及，蔡倫發明的蔡侯紙輕便易攜帶，不但是我國古代四大發明之一，當時隨著絲綢之路傳入中亞、西歐，最後傳遍世界各地，對人類歷史文明的進程貢獻非常巨大，到現在紙張仍是文明傳播的主要載體之一。

許慎著《說文解字》成為漢字字典的開山鼻祖

　　《說文解字》是東漢著名的文字學家許慎所編著，是中國最早分析漢字字形和考究字源的語文書，也是世界上最早的字典之一。漢代當時以隸書來書寫經典稱為今文經典，而漢之前的先秦六國所書寫的經典被稱為古文經典，東漢時期今文經典學派學者，常對文字用語斷章取義，甚至曲解原意，任意引申比喻。許慎雖處今文經典年代但他精通古文經典，因此對那些曲解古文經典的俗儒鄙夫很不以為然，遂作《說文解字》以正本清源漢字的原始本意。秦代以前文字只稱「文」或「書」而不稱「字」，蓋倉頡造字之始以萬物的形狀臨摹，因而那種圖畫符號式的單體字被稱「文」，而之後以各種單體之文加以組合或衍生的符號才叫「字」。「文」因為已經是單體不能再分解，只能直接說明故曰「說文」，而「字」是組合出來的，可以被拆解剖析故曰「解字」，這正是許慎這本書命名《說文解字》的由來。《說文解字》的內容主要是以秦朝書同文所規範的小篆為主體，同時部分參照小篆以外的古文，然後根據前人在漢字形音義研究所得的「六書」（象形、指事、會意、形聲、轉注、假借）理論，用來解析漢字結構並揭示其本意。《說文解字》把上萬個漢字依偏旁和部首分類成 540 個部類，開啟了漢字字典依部首來分類的編排法，至今我們查字典依然採用此法來檢索，此書不愧是中國漢字字典的開山鼻祖。

班固著《漢書》成就中國第一部紀傳體斷代史

　　《漢書》又稱《前漢書》由東漢著名的文史學家班固編撰，歷經兩朝，共耗時二十五年，是中國第一部紀傳體的斷代史，也是我國「二十四史」之一。《漢書》是記載從漢高祖劉邦開始到新朝王莽之間 230 年的漢代歷史，是繼司馬遷的《史記》之後，中國古代歷史的另一巨著，與《史記》、《後漢書》、《三國志》並稱「前四史」。班固，扶風安陵（今陝西咸陽）人，東漢名臣；自幼飽讀詩賦，博覽群籍，曾歷經漢明帝．漢章帝、漢和帝三朝。他子承父業，初撰《漢書》之時，曾被誣陷私修國史而下獄，由弟班超替其平反冤情後，被拜為蘭臺令史，負責掌管和校定皇家圖書，並受詔續修漢史，曾隨大將軍竇憲北伐匈奴，大敗北單于，於燕然山（今蒙古境內杭愛山）寫下著名的《封燕然山銘》，刻石勒功後搬師回朝。班固文史雙修，在文學上他的代表作《兩都賦》成為京都賦的範例，被日後蕭統的《昭明文選》列為開卷第一篇，與司馬相如、揚雄、張衡並稱「漢賦四大家」，在史學上的成就憑藉《漢書》與司馬遷的《史記》合稱「班馬」。

曹操父子三人成為《建安風骨》領軍人物

　　東漢末年中國處於群雄逐鹿，三國爭霸天下的局面，「建安」是漢獻帝的年號，從建安年間一直到曹魏時代，這個期間文壇卻也人才輩出，文風鼎盛，可以說是個文武並行的年代。文壇中以建安七子（孔融、王粲、陳琳、阮瑀、徐幹、應瑒、劉楨，七位文學家）和三曹（曹操、曹丕、曹植）最為有名，建安七子中王粲的詩賦被認為是七子之冠，而三曹中又以曹植文采最出眾。曹操父子是整個建安文壇的領軍人物，建安文章和詩歌在風格上有別於傳統儒家思想的溫文拘謹，表現一種慷慨直朗，雄渾剛健的氣勢，對於當時動盪的局勢和民間疾苦，感嘆抒發心中的情懷與抱負。建安文學作品中，尤以建安詩歌最為突出，其中王粲的《七哀詩》、《登樓賦》，陳琳的《飲馬長城窟行》、《為袁紹檄豫州文》，徐幹的《室思》，阮瑀的《駕出北郭門行》，劉楨《贈從弟》，曹操的《短歌行》，曹丕的《燕歌行》，曹植的《洛神賦》等都是名篇，皆是建安風骨的代表作。

諸葛亮北伐曹魏前寫《出師表》

　　諸葛亮字孔明，三國時代傑出的政治家和軍事家，早年隨叔父避難荊州，耕讀於南陽（今湖北襄陽），劉備三顧茅廬，始出山替劉備出謀劃策。諸葛亮聯合孫權抗拒曹操，在赤壁之戰大敗曹軍，取得荊州和益州後，官拜丞相，劉備建立蜀漢政權後，和曹操、孫權，形成蜀、魏、吳，三國鼎立的局面。劉備死後，把少主劉禪托孤給諸葛亮，諸葛亮在討伐南蠻取得南方局勢穩定後，決定北上討伐曹魏，恢復漢室，在臨行前，上《出師表》給少主劉禪。《出師表》言辭懇切，文中勉勵少主要採納賢臣建言，賞罰分明，以恢復漢室大業為職志。另外分析天下局勢變化，不能偏安一隅，坐以待斃，北伐才能圖存；並表明自己和諸臣為感謝先帝劉備知遇之恩，定當戮力為國，鞠躬盡瘁，死而後已。出師表情真意切，忠心赤膽，讀後令人感動深刻。

秦漢三國

漢代第一才女蔡文姬亂世流離作《悲憤詩》

　　蔡琰，字文姬，陳留郡圉縣（今河南杞縣）人，東漢末年女性文學家，著名文學家蔡邕之女。蔡文姬得益於家學淵源，博學多才，文學、音樂、書法皆精通，堪稱漢朝第一才女。她嫁給河東衛仲道，才一年衛仲道即亡故，於是返家居住，之後軍閥董卓作亂關中，原本歸順入漢朝廷的南匈奴也趁機叛亂，兵荒馬亂之中，蔡文姬為南匈奴左賢王擄走，在胡地生活了十二年，生有二子。曹操和文姬之父蔡邕曾同為東漢朝臣，算是舊識，曹操在平定烏桓，統一北方之後，花費重金把蔡文姬贖回，並把她嫁給他的部將董祀。後來董祀犯了死罪，文姬散髮赤腳向曹操求情，曹操問道：聽說你們家有很多古籍？文姬答：家父留有四千多卷古籍，但戰亂皆盡遺失，現在我可以記下的有四百多篇。之後文姬把這四百多篇古文寫下來送給曹操，曹操大感驚訝，真乃天下第一才女。之後蔡文姬又創作了《悲憤詩》和《胡笳十八拍》二首詩，敘述自己戰亂流離的悲憤際遇，這也是中國詩歌史上第一首文人創作的自傳體長篇敘述詩，後人評價她的才華壓過另一位漢代才女卓文君。蔡文姬跌宕的一生很有戲劇張力，後人根據她的故事創作出昆曲《蔡文姬》和京劇《文姬歸漢》，至今仍在銀幕舞台演出。

魏晉南北朝

銅雀臺上曹植作賦銅雀臺下杜牧吟詩

　　東漢末年，曹操擊敗袁紹，後北上烏桓，平定北方，意氣英發之際，建都于鄴城（今河北邯鄲市臨漳縣），在漳河畔大興土木修建銅雀臺，臺高十丈，分三台，各相距六十步遠，中間各架飛橋相連。銅雀臺建成，曹操邀文武百官在此舉行比武大會，並令自己兒子做賦助興，曹植文采出眾，當場作《銅雀臺賦》，雖意涵歌功頌德，但文章華麗流暢，深獲曹操好評。歷史上雖曹操被稱為梟雄，其實曹操、曹植、曹丕父子三人皆詩文了得，不是刻板印象中的一介軍閥而已。到了唐朝，詩人杜牧到鄴城遊銅雀臺時，無意中發現了一只半埋于沙中仍未銷蝕的三國兵器，想起當年曹操揮兵南下，與周瑜大戰於赤壁，有感而發寫下著名的《赤壁》這首詩：「折戟沉沙鐵未銷，自將磨洗認前朝。東風不與周郎便，銅雀春深鎖二喬。」杜牧設想當年如果周瑜戰敗，東吳兩大美人大喬、小喬恐怕就淪為曹操的戰利品了。

詩壇神童曹植創作名篇《洛神賦》

　　曹植字子建，曹操之子，自幼才思敏捷，七步能成詩，有神童美譽。曹植恃才縱酒，與太子之位失之交臂，曹丕稱魏帝後，曹植被封鄄城王（封地今山東鄄城）。《洛神賦》是曹植從魏都洛陽返封地途中，歸渡洛水後而作，文中敘述自己在洛水之濱的林野，恍惚之間遇見山崖上的洛水女神宓妃，洛神儀容服飾優雅，舉止言談善美，令人思情愛慕，但最終人神殊途，不能結合，作者只得悵然若失，帶著遺憾懷念無限。曹植雖文中一開始便披露，這是想起戰國時代宋玉寫楚襄王和巫山神女的一段人神之戀，但後代研究者，有人認為洛神可能是曹植年輕時的戀人，後被哥哥曹丕封為甄妃的甄氏。不管如何，《洛神賦》因辭采華美，情思繾綣，極具浪漫文學風采，有別於一般《漢賦》歌功頌德之長篇大論，故常被後代騷人墨客，作畫吟詠，並被編成戲劇搬上舞台，其藝術魅力至今歷久不衰。

魏晉亂世的名士七人組《竹林七賢》

　　三國曹魏篡漢政權後又被司馬氏集團篡奪取代。原東漢年間的七位文人名士，嵇康、阮籍、山濤、劉伶、向秀、王戎和阮咸七人，因和司馬氏集團持不同政治立場，因此常聚集于山陽（今河南輝縣一帶）嵇康居住附近的竹林中，終日彈琴奏曲，飲酒縱歌，玄談老莊無為思想，號稱《竹林七賢》。他們這種消極的逃避作為，實際上是對執政當局採取的不合作態度，也是想借此自我頹廢的舉動，以祁明哲保身，逃避主政者的迫害。但清談無為不敵政治現實，這群失意聯盟以失敗告終，最後竹林七賢也只能在歷史的現實利益和文人風骨的交戰下土崩瓦解了，而七位狂狷名士因政治立場不同，結局也不同。嵇康做為竹林七賢領軍人物被司馬昭殺害，他在刑前彈著激昂的古琴名曲《廣陵散》從容就義，大有春秋戰國勇士聶政刺韓王的氣概。劉伶和阮咸或自我爛醉或佯狂避世，阮籍和向秀最後被迫出仕但不涉是非，王戎、山濤則熱衷名利，投靠執政當局。

78

陳壽著《三國志》總結魏蜀吳三分天下歷史

　　《三國志》是西晉史學家陳壽所著，它是記載三國時期曹魏、蜀漢、東吳的紀傳體斷代史，與司馬遷的《史記》、班固的《漢書》、范曄的《後漢書》並稱中國「二十四史」中的「前四史」。三國之時，魏、吳兩國已有史書，但蜀國無史官一職，故無史書。陳壽，巴西安漢（今四川南充）人，前半生是隸屬蜀漢，他任職觀閣令史，但受宦官黃皓排擠，屢遭罷黜，魏滅蜀後，晉朝取代魏，他歷任著作郎、治書侍御史等職，晉滅吳，統一三國後，陳壽開始撰寫《三國志》，歷經十年心血，終於完成巨著。陳壽後來是晉朝朝臣，而晉承魏得天下，因此《三國志》尊魏為正統。《三國志》原分為《魏書》、《吳書》、《蜀書》三書，傳至北宋時三書合成一書，歷代沿用迄今。陳壽對三國人物有他獨特的定調，把他們歸類為超世英傑、英傑、英雄、奇才、奇士、美士、彥士、才士、虎臣、良臣、良將等。《三國志》在撰寫時，《魏書》和《吳書》因為有前人的史書可參考，內容相對較多，但《蜀書》完全無所本，只能靠自己很艱難地收集史料，故內容最少，像蜀漢開國元勳關羽、張飛、趙雲等都篇幅很少，這和羅貫中的《三國演義》以小說創作來長篇大論有很大的區別，因為畢竟是史書，必須有史料根據才能入書。《三國志》最被後世批評的，乃陳壽是西晉朝臣，而晉繼承魏，在一部分關於魏晉易代的史實方面似有所回護，立場不夠超然客觀，有失史家風骨。即便如此，陳壽以其獨特的歷史人物觀點，身涉忌諱，艱難成書，至今仍為許多史家推崇。

賈思勰創作《齊民要術》造福平民百姓

　　賈思勰，北魏時人，曾做過高陽郡（今山東臨淄）太守，中國古代傑出農學家和實踐家，他的名著《齊民要術》是中國古代最早也是最完整的一部農業百科全書，此書一出受到歷朝各代政府的重視，是平民百姓日常勞作謀生的重要指導依據。《齊民要術》涵蓋農藝、蠶桑、園藝、造林、畜牧、獸醫、配種、烹飪、釀造、食品加工和儲存等各種民生工藝，出書至今已近 1500 年，此書對現代農業和民生工藝仍有很高的參考價值，尤其一些農作，播種、育苗、灌溉、施肥、嫁接、食品加工和保存方法，至今仍被中國部分地區沿用。唐末此書就已流傳到日本，而 19 世紀傳到歐洲後，英國學者達爾文在研究進化論時，他的《物種起源》一書曾提及參考了一部中國古代百科全書，普遍認為就是《齊民要術》。《齊民要術》在以農立國的中國古代歷史上尤其重要，畢竟民以食為天，平民百姓謀生有術，安居樂業，民富而國強，這才是執政者最關心的事。

王羲之《蘭亭集序》成為書法界千年豐碑

　　王羲之，琅琊臨沂（今山東省臨沂市）人，東晉著名書法家，有「書聖」美譽，曾官至右軍將軍，世稱「王右軍」，其子王獻之自幼家學淵源，亦書法了得，父子兩人在書法界合稱「二王」。傳聞王羲之喜歡白鵝，他從白鵝引頸之姿悟出書法運筆之妙，曾書寫一篇《道德經》換得一群白鵝，故有「以書換白鵝」的逸事。東晉穆帝永和九年（西元 353 年）農曆三月三日，春暖花開之際，他與衣冠南渡的謝安、孫綽等幾十位高官聚集于山陰（今浙江紹興）蘭亭參加當地的「修禊」活動，以祈來年安康，消除不祥。崇山峻嶺之下，茂林修竹之間，又有清流激湍，映帶左右，大家席地列坐，引曲水流觴，賦詩飲酒，並抄錄成集，一時蔚為佳話。是日王羲之趁著幾分酒意，為詩集寫序，他揮毫寫下整個活動盛況，盛讚山水之美以及抒發對生死無常之感慨，題名為《蘭亭集序》。這篇文章不但成為王羲之的經典之作，更是被後人盛讚為天下第一行書，時至今日仍是書法界膜拜的千年豐碑。

84

陶淵明寫《歸去來兮辭》不為五斗米折腰

陶淵明，東晉詩人，潯陽柴桑（今江西九江）人，別號五柳先生，是中國田園詩人的鼻祖，也是隱逸詩人的宗師，同時也是中國文學史上第一個大量寫飲酒詩的詩人，他的詩和散文都相當出色，其中《歸去來兮辭》、《桃花源記》、《五柳先生傳》是其名篇。陶淵明自幼學習儒家經典，喜閑靜，愛丘山，也愛彈琴寫字，二十九歲之後，陸續做過一些小官，中年之後仕途最後一次任職為彭澤縣令，因不屑與迂腐官僚同流合污，不為五斗米折腰，作《歸去來兮辭》，解印辭官，像一隻倦飛的小鳥歸巢一樣，開始了他歸隱田園的生活。他的散文《桃花源記》是描述一群避先秦戰亂而隱居於武陵山區的百姓，日常勞作，樂天安命，飲酒吃魚，與世無爭，過著自由自在的生活；這個看來也許是虛構的故事，卻是他心目中理想的退休目標。而陶淵明的詩《飲酒·其五》：「結廬在人境，而無車馬喧。問君何能爾？心遠地自偏。採菊東籬下，悠然見南山。山氣日夕佳，飛鳥相與還。此中有真意，欲辯已忘言。」從古至今讓許多人心神嚮往，對後世影響深遠，而「桃花源」也變成理想精神世界的代名詞。

顧愷之開創中國水墨繪畫絕聖典範

顧愷之，晉陵無錫（今江蘇無錫）人，東晉傑出畫家和繪畫理論家，精於人像、佛像、禽獸、山水等繪畫，堪稱中國水墨畫的祖師爺，有「畫絕」之稱號。其畫作意在傳神，對於人物畫，特別重視眼睛的描繪，主張以形寫神，重點是表現人物的精神狀態和性格特徵，他也致力於繪畫理論的研究，著有《畫論》等書。顧愷之雖然創作過很多出色的作品，但可惜沒什麼真跡作品流傳後世，現在保存下來的大都為唐宋摹本。他的代表畫作有《女史箴圖》、《洛神賦圖》、《列女仁智圖》等，其中《洛神賦圖》就是根據曹植的《洛神賦》來創作的，被列為中國十大傳世名畫之一。值得一提的是《女史箴圖》，西晉惠帝時昏庸無能，皇后賈南風擅權淫亂，無德作惡，司空張華便以歷代宮廷婦女賢良事跡撰文《女史箴》諷諫賈南風，要以德守道；女史乃指宮廷婦女，箴乃勸誡之意。東晉畫家顧愷之就是根據張華的《女史箴》來作畫，並把箴文也一併題於畫側，完成了此一曠世長卷畫作《女史箴圖》。《女史箴圖》自問世以來，歷經歷史朝代更迭，真跡已不復存在，但唐宋皆有摹本並最後收藏於清宮，宋摹本現存於故宮博物院，而唐摹本於清末八國聯軍入侵時被英軍掠奪，現存於大英博物館。

范曄著《後漢書》與班固《漢書》構成完整漢代史

　　《後漢書》是繼班固《漢書》之後,中國另一部紀傳體的斷代史,也是我國「二十四史」之一,它主要記載從東漢光武帝開始到漢獻帝之間共 195 年的漢代歷史,而《漢書》(又稱《前漢書》)和《後漢書》加起來正好是一套完整的漢代史書。《後漢書》的作者是南北朝時南朝宋的史學家范曄,他是順陽(今河南南陽)人,士族名門出身,自幼天資聰穎,博覽經史,曾官至左衛將軍、太子詹事。范曄曾於彭城王劉義康府夜宿期間,正值劉義康母喪,范曄與同僚竟縱酒夜半,惹怒劉義康,故被貶官出京改任宣城(今安徽宣州)太守,貶官期間他鬱鬱不得志,因此把心力放在編修史書上面,《後漢書》正是在此一背景下完成的。《後漢書》在繼承《史記》和《漢書》的架構下做了部分創新,首先它在帝王本紀之後增列了皇后本紀,此點也充分反映了東漢有六個皇后臨朝稱制的史實特點。另外它在《史記》和《漢書》既有的列傳基礎上,又新增了「黨錮」、「宦者」、「文苑」、「獨行」、「方士」、「逸民」、「列女」共七個列傳,這些列傳也反映了當時統治階級內部的矛盾和鬥爭,以及中下階層的社會狀況。綜觀《後漢書》的內容,范曄除了擁護正統儒家思想的王權統治,也勇於批判外戚宦官跋扈專權造成的禍國殃民,另外大量褒揚勤政愛民和忠貞正直的地方官吏,並讚賞隱逸不爭的道家玄學,同時批判了某些佛教思想。《後漢書》因內容豐富,見解精闢,甫一出書便倍受矚目,成為漢代史學的經典,影響日後深遠。

魏晉南北朝

魏晉南北朝筆記小說代表《世說新語》

　　《世說新語》是魏晉南北朝時代的一本筆記小說集，由當時南朝宋劉義慶（或是劉義慶的門客文人）所編撰，其內容主要是記述東漢後期到魏晉之間一些名士的言行和軼事。劉義慶是南朝宋武帝劉裕的侄子，襲封臨川王，但宋文帝劉義隆即位後，因生性多疑猜忌而誅殺功臣和宗室成員，劉義慶為避禍害乃自請離京，外調為地方刺史，《世說新語》正是他任江州刺史期間招攬許多文人士子編撰而成。魏晉南北朝時期因戰亂興兵，綱紀法統破壞無常，許多文人儒士為明哲保身，遠離政治迫害，故趨向玄學清談，《世說新語》正是此一背景下的產物。《世說新語》所涉及的各類漢末魏晉人物，從帝王將相到名儒隱士高達 1500 多個，但是它以精煉簡潔的文字來描述這些人物獨特的性格和言行舉止，這些人物在歷史上確有其人，但其中他們的言行或故事或出於傳聞，有些正史上或沒有記載或有不同。魏晉南北朝是中國歷史上很特別的年代，此書可以讓人一窺當時清談玄學蔚成風氣的社會狀況。

中國山水詩的開創者《二謝》

　　中國山水詩的開山鼻祖是謝靈運，謝靈運（人稱大謝）是東晉名將謝玄之孫，他的詩作大都借描繪山川景象來抒發個人的情感和意向，風格清逸高遠，其中《登池上樓》、《山居賦》、《過始寧墅詩》、《登永嘉綠嶂山》等是其代表作。他酷愛登山探險，常縱情於幽谷山澗之間，許多詩作皆是羈旅途中親身經歷之感懷。南齊詩人謝朓是謝靈運的同族姪兒，人稱小謝，他秉承謝靈運的風格，創作山水詩，詩風清新秀麗，手法更加細膩，代表作有《晚登三山還望京邑》、《玉階怨》、《暫使下都夜發新林至京邑贈西府同僚》、《王孫遊》、《遊東田》等。大謝和小謝在文壇上被稱「二謝」，他們的山水詩對日後唐朝的律詩和絕句以及山水田園詩派有重要的影響，而唐代詩仙李白最推崇讚揚的前輩詩人正是小謝謝朓，李白曾多次尋訪謝朓足跡並作詩緬懷，其中《宣州謝朓樓餞別校書叔雲》便是代表作。

鮑照成為影響詩仙李白最大的精神導師

　　影響詩仙李白的前輩詩人有三位，分別是魏晉南北朝時代南朝齊國的謝靈運和謝朓，以及南朝宋國的鮑照，而鮑照無疑是影響李白最深遠的。鮑照，字明遠，京口（今江蘇省鎮江市）人，南朝宋著名的詩人，因曾出任參軍一職，世稱鮑參軍，與北周詩人庾信合稱「鮑庾」，與顏延之、謝靈運並稱「元嘉三大家」，而三大家中以鮑照的成就最大。鮑照家貧，出身寒門，雖有英才，但在注重門閥世族的魏晉南北朝「九品中正」之選官體制下，於南朝宋文帝元嘉年間，他的仕途坎坷，在渴望建功而懷才不遇和報國無門的處境中，鮑照把自己的理想和憂憤直抒胸臆，充分地表達在詩歌的創作中。六朝詩壇，浮華纖巧，內容空虛綺靡，而鮑照詩風雄健俊逸、豪氣奔放，繼承了建安風骨，並且能廣泛反映社會現實，對後世詩人李白、杜甫等皆有很大影響，可能是人生際遇相似，尤其在詩歌題材和風格與表現手法方面，李白多處都有他的影子，而他因參與邊塞戰爭而創作的邊塞詩對後來唐代有很大的啟蒙作用。鮑照的詩、賦皆佳，詩方面尤其以樂府詩最有名，其中有三言、五言、七言，而《擬行路難》十八首是其代表作，李白的《行路難》三首就是仿效鮑照而作，鮑照其他有名的作品尚有駢文《登大雷岸與妹書》和詩《代白頭吟》、《代春日行》、《代出自薊北門行》、《梅花落》、《登黃鶴磯》、《詠秋》等。

劉勰《文心雕龍》成為中國第一部文學評論著作

　　《文心雕龍》是我國第一部文學評論著作，也是一部評論文章美學的精辟著作，作者劉勰是魏晉南北朝時期南朝齊國人。全書有系統性地針對《詩經》、《楚辭》、《漢賦》等不同時代的文學和作者加以評論，並提出他個人的審美理論。劉勰認為聖人是為了闡明「道」而創作文籍的，文章是聖人用來闡明「道」的工具，因此他們的文章是文質並重的典範作品，值得學習。另外強調寫文章要有實際的內容，以抒情述志為本，不能只是浮靡的文風和華麗的詞藻。他以《詩經》、《楚辭》的文章內容為例，其作者因為在日常生活和工作中感悟和壓抑許多情緒於心中，必須用言語抒發情感以表明心志，故有文章，而文章簡約意明或者情感流露；但到了《漢賦》許多作者鋪陳文采，過於繁複華麗，對內容誇大浮靡，不切實際。劉勰也認為文章風格之不同是由於作家先天的才情、氣質和後天的學識、習染存在差異的結果；對於文章創作中韻律、對偶、用典、比興、誇張等手法之運用，提出他個人精辟的見解。劉勰更提出作家去寫一篇文章的過程應該是「心生而言立，言立而文明，自然之道也」，寫的作品要依據自己的心志，這樣文章就有亮點，如果寫的文章和自己的心志相反，那麼這種文章是不值得效法的。《文心雕龍》雖然成書已經超過 1500 年了，但是書中許多文學理論和審美哲學，對當今的文章和作家仍然適用，仍有許多醍醐灌頂之處，值得細讀深思。

蕭統編《昭明文選》成就中國第一部詩文總集

　　《昭明文選》又稱《文選》，是繼中國第一部詩歌總集《詩經》之後，最早的一部詩文總集，在魏晉之後南北朝時，由南朝梁武帝的長子蕭統組織文人編選而成，蕭統死後諡號「昭明」，故此部文選稱《昭明文選》。此文選收錄自周代至六朝梁以前七八百年間詩文 700 多篇；先秦兩漢以來我國的文學、史學、哲學作品分類不清，蕭統把那些以紀事為本的文章摒除，只挑選那些有意義沉思能運用典故而詞藻典雅的詩歌和文章。《昭明文選》的內容主要分賦、詩、雜文三大類，其中又分諸多小類，蕭統學識淵博，這部文選他要的不是經世致用之學，而更著重於文學創作的思想內容和藝術形式表達的合而為一，因此政治法統、道德哲學、歷史紀事這類文章不是他關注的範圍，他要的是有創作思想、華麗而不浮誇、典雅而不粗鄙、文質彬彬有君子之風的詩文。《昭明文選》一出，自隋唐至宋代初年，幾乎變成文人士子的課本，尤其受到詩人和詞人的青睞，唐代詩人喝酒行令也經常引用文選之中的名篇和名句，可以說流傳甚廣，影響深遠。《昭明文選》收錄以賦、詩為主流，在中國詩歌歷史的長河裡，剛好和《詩經》、《唐詩三百首》、《宋詞三百首》一脈相傳。

庾信融合南北文學啟蒙唐代律詩新風

　　庾信，字子山，南陽郡新野縣（今河南省南陽市新野縣）人，南北朝時著名詩人。他出身於官宦書香世家，父祖輩都是有名的文學家，自幼聰慧，博覽群籍，十五歲入宮成為南朝梁國太子蕭統的東宮講讀，後來成為梁元帝蕭繹的右衛將軍，奉命出使西魏期間，梁為西魏所滅，庾信被強行滯留北方，任職朝廷，繼之西魏為北周所滅，庾信仍為新朝廷重用，晚年他思鄉心切，想回南方，但不能如願，羈旅北方而終。庾信在詩、賦、文方面皆有成就，講求對仗和用典，早期在南朝梁時生活安逸，又是宮廷文學侍臣，詩風綺麗浮華，題材多為花鳥風月、醇酒美人、弦歌漫舞等迎合宮廷趣味之作，不過因為講就音律和押韻，卻也對後來唐代律詩的美學藝術打下一定的基礎。後期因國破而山河巨變，庾信雖官居要職，但羈旅北方，有感於亡國思鄉之滄桑，悲憫人民流離之苦難，讓他的詩風大變，帶著仕北之隱恨與南歸之渴望，此時他的創作兼具南方音律之美與北方蒼健之風，哀傷悲愴，這樣融合南北文學的審美意境，替往後唐詩開啟了一條發展的道路，這是庾信的主要貢獻。庾信的主要代表作有《哀江南賦》、《重別周尚書》、《擬詠懷》二十七首、《寄王琳》、《楊柳歌》、《燕歌行》、《枯樹賦》、《小園賦》等。

隋煬帝楊廣開創科舉制度選拔官員

　　魏晉南北朝時朝廷任用官吏的方式是，用各州郡有聲望的人任「中正」官，負責在本地評判人物，選拔官吏。中正官把人分為九等，稱九品，然後按照門第高低劃分品級上下，朝廷按照品級上下再決定授與官階大小，此稱「九品中正制」。從此「上品無寒門，下品無士族。」這種制度從曹丕採納尚書令陳群的意見而創立以來，一直是士族門閥操控政權的工具，一般平民百姓，門第卑微，很難有問鼎朝政的機會，即使有也只能是下品，只能當上很小的官吏。但魏晉南北朝之後士族門閥衰落，從隋文帝開始，廢除九品中正制，下詔各地舉薦賢良，到了隋煬帝即位，他設立了進士科，所有學子都可以參加考試，按考試成績選拔人才，正式開創了我國的科舉制度，從隋朝設立的科舉制度，一直到清光緒年間廢除科舉，這大約1300 年期間，科舉雖然也有一些變革，但整體而言，在那封建體制的年代，替我國培育了無數官吏，也造就了許多豐功偉業。

歐陽詢和顏真卿爭天下第一楷書

　　在中國書法界論天下第一行書，東晉王羲之的《蘭亭集序》眾望所歸，基本上沒什麼爭議；但若評價天下第一楷書，則歷代各界，意見不一。中國古代書法界有楷書四大家，分別是唐朝歐陽詢（歐體）、唐朝顏真卿（顏體）、唐朝柳公權（柳體）、元朝趙孟頫（趙體），其中又以歐陽詢的《九成宮醴泉銘》倍受推崇。歐陽詢，性情敦厚，一生平坦，他的楷書風格，清和秀健，樸素渾厚，法度森嚴，《九成宮醴泉銘》是他的晚年之作，這是由魏徵撰文，歐陽詢本人正書，記述唐太宗在九成宮避暑時發現醴泉之事。推崇歐陽詢的人，肯定他傳承了王羲之的書法精髓，中正平穩，嚴謹硬朗，成就楷書正宗風範。另外也有很多人支持顏真卿為天下楷書第一，他本人性格剛烈，一生坎坷，顏體風格，雄健厚重，飽滿有力，氣勢蒼勁，代表作有《多寶塔碑》、《自書告身帖》、《麻姑仙壇記》、《顏勤禮碑》等。支持顏真卿的人，認為他突破了王羲之的書法典範，雄渾筋堅，剛勁獨立，開創了新的楷書風格。

玄裝大師西天取經書寫佛教文化璀璨篇章

　　玄裝法師，本名陳禕，唐代洛陽（今河南偃師）人，具有慧根，13 歲出家，21 歲受具足戒，曾遊歷各地參訪名師，在學習佛經時發現各地法師說法不一，巧遇天竺（古印度地區）來的僧人說起佛法之事，因此決定自行前往西天求法取經。唐太宗貞觀年間，他從長安出發，一路經敦煌，進瓜洲，出玉門關，入西域中亞諸國，最後到達印度摩揭陀國，進入當時的印度佛教中心那爛陀寺，拜戒賢法師為師，專研大量佛教經典，並奠定了法相唯識宗的基礎。逐日學有所成，名聲漸起，在那爛陀寺五年後，開始遊歷印度境內人小數十國，訪師參學，增廣見聞，後回到那爛陀寺主講佛教經典，接著在曲女城由戒日王召開的佛學辯論大會中，他與其他法師和佛教學者共約五千人辯經論典獲勝，從此名震印度。玄裝出關求法，歷經 17 年和 5 萬里的跋涉，44 歲才終於返回長安，受到長安百姓夾道歡迎以及唐太宗的接見。在朝廷的支持下，玄裝把從印度帶回的大量佛經存放於新修建的大慈恩寺的大雁塔，並主持長達約 19 年的佛經翻譯事業。得力於玄裝的弘法以及佛經翻譯的流傳，寫出一個劃時代的璀璨篇章，佛教文化自此在中土落地生根，如今成為海內外中國人的主要信仰。

大唐詩歌的領航者初唐四傑

　　在大唐開國初年，詩的風格仍留有南北朝時代宮體詩的遺風，浮華綺靡，詞巧乏力；唐太宗時大臣上官儀秉承前朝詩韻，其作品風靡一時，世稱「上官體」，當時士大夫們爭相效法，而王勃、楊炯、盧照鄰、駱賓王四位詩人連合起來反對「上官體」的創作活動，他們在詩作上力主革新，詩風上剛潤並濟，健雅融合，力感十足。他們把詩的題材從皇家轉移到廣大民間，把宮廷御苑和亭臺樓閣那些小格局的風花雪月，拓展到馳騁江山曠野和邊塞大漠的豪情壯志；這為後來唐詩的百花齊開，大放異彩，起到了很好的開端和示範作用。其中王勃的《滕王閣序》、《送杜少府之任蜀州》，楊炯的《從軍行》、《戰城南》，盧照鄰的《長安古意》、《行路難》、《紫騮馬》，駱賓王的《詠鵝》、《討武曌檄》、《帝京篇》等皆是名篇，而王楊盧駱也被稱為初唐四傑，四傑的詩賦各領風騷，王勃被認為文采最為出眾，他們都為大唐詩歌的領航做出不可抹滅的貢獻。

駱賓王作《討武曌檄》成就千古第一檄文

　　駱賓王，初唐四傑之一，少有才名，七歲能詩，《詠鵝》即是其名詩，但他最有名的其實是替徐敬業起草討伐武則天的檄文《討武曌檄》。徐敬業乃唐朝開國功臣李勣之孫，李勣原姓徐，因隨李世民征戰有功，被賜李姓並封英國公。徐敬業和駱賓王因不滿武則天專權並迫害李氏宗親，故於揚州起兵十萬討伐武則天，駱賓王於起兵前撰寫了這篇檄文並昭告天下。這篇檄文先從武則天入宮開始敘述，數落其「狐媚惑主，殘害忠良，殺姊屠兄，弒君鴆母，人神之所共憤，天地之所不容。」繼而說到承蒙皇恩，不忍江山社稷毀于妖孽之手，故聚集天下正義之師，群起討伐，到時必是「班聲動而北風起，劍氣沖而南斗平。喑嗚則山嶽崩頹，叱吒則風雲變色。」此檄文寫得慷慨激昂，氣勢磅礴，令人動容，據說連武則天讀後也感慨，為何她身邊無此等能人？雖然最後徐敬業兵敗被殺，而駱賓王也不知所終，但這篇檄文卻被譽為千古第一檄文，至今其許多名句已膾炙人口，而且還經常被引用。

天才詩人王勃作《滕王閣序》滿座驚奇

　　王勃，自幼天資聰敏，六歲能作詩，十六歲便進士及第，被授朝散郎，是唐高宗時最年輕的朝廷命官，文章綺麗雄奇，被評為初唐四傑之首。王勃一開始在沛王李賢府下任職，李賢有一次和弟弟英王李顯鬥雞時，王勃寫了一篇《檄英王雞》文替其主子助威，此文傳到唐高宗處，龍顏大怒，遂把王勃免官逐出長安。王勃復官後又因私殺官奴（據考可能被設局陷害），被下獄罷官，其父因受連累亦被貶官調職交趾（今越南河內西北）縣令。王勃出獄後，欲往交趾探望父親，途經洪州都府（今江西南昌），剛好南昌都督閻伯嶼在新修的滕王閣大宴賓客，王勃前去拜會，席間閻都督本來安排好自己的女婿，欲替滕王閣寫序，拿出筆墨請賓客作序時，眾人知曉皆已推辭，王勃不知內情，竟就筆揮毫。起初閻都督甚為不悅，但隨著王勃文章起落，閻都督開始有點好奇，直到「落霞與孤鶩齊飛，秋水共長天一色」吟詠而出，滿座驚起，大讚天才。王勃作《滕王閣序》年方二十六歲，真可謂詩人天才，可惜天忌英才，王勃隔年在交趾探望父親後，於返航途中不幸溺水身亡。

氣勢磅礴的大唐戰歌《邊塞詩》

　　邊塞詩起源于魏晉南北朝，到盛唐之時達到巔峰，收錄在《全唐詩》中的就超過 2000 首。唐朝文治武功皆強，因此對外開疆闢土，邊塞征戰不斷。一些在朝為官的文人，有機會親臨邊塞，目睹征戰的慘烈以及百姓的苦寒，因而慷慨激昂和悲天憫人，寫下非常出名的詩篇。這些和征戰、送別、流離、徭役、閨怨有關的詩統稱《邊塞詩》，而高適、岑參、李頎、王昌齡、王之渙、王翰、盧綸、李益的詩作是其中代表，被稱為「邊塞詩人」。當時唐朝的酒肆歌妓也流行吟唱這些邊塞詩人的名作，有一次高適、王昌齡和王之渙三人在一處酒肆小聚喝酒，三人還約定看歌妓吟唱誰的詩作多寡來決定詩壇排名，引為一段佳話。大唐《邊塞詩》一度高歌猛進，風靡一時，其中高適的《燕歌行》、《別董大》，岑參的《白雪歌送武判官歸京》、《逢入京使》，李頎的《古從軍行》、《送魏萬之京》，王昌齡的《從軍行》、《出塞》、《閨怨》，王之渙的《涼州詞》、《登鸛雀樓》，王翰的《涼州詞》，盧綸的《塞下曲》，李益的《夜上受降城聞笛》等都是名篇。

邊塞詩四王爭奪大唐七絕之冠

　　唐朝征戰四方，文治武功兼備，詩歌更是如日中天，璀璨輝煌。在大量唐詩之中，後世對七絕（七言絕句）的評價，認為邊塞詩以雄渾的氣勢和慷慨的情懷表現最為出色。這些以邊塞征戰相關題材來創作的詩人，也被冠以「邊塞詩人」的稱號，而眾多邊塞詩人之中，最受後人關注的當屬邊塞詩四王，王之渙、王昌齡、王翰、王維。四王被後人評為七絕之冠的作品，各有擁護者，分別為，王之渙的《涼州詞》：「黃河遠上白雲間，一片孤城萬仞山。羌笛何須怨楊柳，春風不度玉門關。」、王昌齡的《出塞》：「秦時明月漢時關，萬里長征人未還。但使龍城飛將在，不教胡馬度陰山。」、王翰的《涼州詞》：「葡萄美酒月光杯，欲飲琵琶馬上催。醉臥沙場君莫笑，古來征戰幾人回。」、王維的《送元二使安西》：「渭城朝雨浥輕塵，客舍青青柳色新。勸君更盡一杯酒，西出陽關無故人。」不管如何，這四王的邊塞詩各具特色，非常傑出，都是大唐七絕的不朽詩篇。

王之渙《登鸛雀樓》被喻為五言絕句之冠

　　中國古詩從秦漢進入唐代，不斷演進，日益鼎盛，而唐詩尤重格式和韻律，因而發展出絕句（四句組成的詩）、律詩（八句組成的詩）、排律（八句以上組成的詩）。其中格律詩每句又有五個字和七個字兩種，故有五言絕句、七言絕句、五言律詩、七言律詩之分；在眾多五言絕句中，王之渙的《登鸛雀樓》被譽為五絕之冠。王之渙，晉陽（今山西太原）人，個性豪放不羈，唐玄宗年間曾任冀州衡水主簿，其詩擅長五言絕句，常描寫邊塞風光，多被樂工引為歌詞傳唱，他的代表作是《登鸛雀樓》：「白日依山盡，黃河入海流。欲窮千里目，更上一層樓。」此詩前兩句是寫景，是作者登臨鸛雀樓看到的實境，而後兩句卻是情境交融，自勉想要開展更廣闊的視野和人生的境界，就不能自滿於眼前，而必須奮發向上。此詩寫景視野遼遠，令人心胸開闊，寫情氣勢壯沛，讓人激勵振奮。王之渙這首五絕，詩意簡易但深具哲理，詩句前後，兩兩對仗工整，而且押韻流暢，朗朗上口，難怪被後世評為唐詩五言絕句壓卷之作，而名垂千古。

張旭酒後龍飛鳳舞成為一代草聖

　　張旭，蘇州吳縣（今江蘇蘇州）人，唐代著名書法家，擅長草書，喜歡喝酒，世稱「張顛」，有「草聖」之美譽，與另一草書大家懷素合稱「顛張醉素」，又與李白的詩歌和裴旻的劍舞並稱大唐「三絕」，他的草書也被稱為「狂草」。張旭的草書在唐代非常有名，就連當時最出名的畫家吳道子和大詩人李白都來向其請教。張旭擅長客觀大自然和人事物的變化，把那些內化成自己的主觀情感用以表現書法的藝術性。當時的詩人李頎說他：「露頂據胡床，長叫三五聲。興來灑素壁，揮筆如流星。」大詩人杜甫也說他：「張旭三杯草聖傳。脫帽露頂王公前，揮毫落紙如雲煙。」張旭的書帖筆鋒情感流露，譬如他的《肚痛帖》看起來字裡行間就流露出肚痛著急難耐的情緒。張旭說他曾觀賞公孫大娘舞劍從而悟得草書筆法的運行，而他之所以被稱「張顛」是因常縱酒後草書揮毫，甚至用頭浸蘸墨汁對著宣紙狂草大叫，龍飛鳳舞，等酒醒之後，看著自己用頭寫的字，驚為神異而不可復得。後人對許多書法家的評論意見不一，唯獨對張旭的看法大體一致，堪稱中國書法界的一朵奇葩。

吳道子擅長宗教人物繪畫被尊為畫聖

　　吳道子，陽翟（今河南禹州）人，唐代著名畫家，曾隨張旭、賀知章學習書法，精於佛道、神鬼、人物、鳥獸、山水等繪畫，並擅長壁畫創作，有「畫聖」的美譽。吳道子，少孤貧，年輕時即有畫名，曾任縣尉，但之後流落洛陽，從事壁畫創作，後來被唐玄宗召入長安並於宮中作畫、教畫，有一次隨駕洛陽，還和裴旻、張旭三人各自表演自己的絕技，裴旻舞劍，張旭狂草，他則當場作畫。吳道子還從觀賞公孫大娘的劍舞中，悟出了用筆之道，他特別擅長宗教人物繪畫，他的人物畫形態生動，傳神逼真。他的山水畫意境深遠，曾奉唐玄宗之命，到蜀地嘉陵江一帶考察當地山水，並回來於宮廷殿內壁上繪畫，其代表畫作有《八十七神仙卷》、《送子天王圖》、《地獄變相圖》、《嘉陵江山水三百里圖》等。吳道子樂於授畫他人，他的傳世弟子很多，現在看到的敦煌壁畫和出土的唐墓壁畫，仍然可以看到整個唐代畫風受他影響的痕跡，他和東晉的顧愷之一樣，都是中國早期水墨繪畫祖師爺級的典範人物，對後世貢獻很大。

孟浩然開啟唐代田園詩風之先河

　　孟浩然，號孟山人，襄州襄陽（今湖北襄陽）人，唐代著名山水田園派詩人，世稱孟襄陽。孟浩然，早年應試進士科舉落第後，曾遊歷長安拜謁當朝一些文官，積極爭取出仕機會，但始終不得其門而入，後來歸隱田園，一輩子不曾為官，雖不曾為官，但和一些詩人像王維、李白、王昌齡等皆有交往。盛唐時期以王維、孟浩然為代表的詩派稱為田園詩派，事實上「王孟」田園詩派繼承了東晉詩人陶淵明和南北朝南齊詩人二謝（謝靈運、謝朓）的田園詩風。唐代以前的田園詩風仍以自然山水的描繪居多，但唐代的田園詩風從孟浩然開始，他把主觀的個人情感和感悟融入自然山水景觀之中，把田園詩從形象的層次提升到更高的意象層次，他這種創作手法比王維更早，堪稱是開創唐代田園詩風之先河，對後世影響非常深遠。孟浩然的田園詩以五言絕句和律詩見長，其中《春曉》、《過故人莊》、《宿建德江》等皆是其名篇，這些詩場景空曠而意境深遠，讀來令人心情平和靜謐，彷彿身臨其境一般，可以用來滌蕩療癒一顆沾滿城市風塵的倦心，這或許就是田園詩永恆的魅力所在。

詩佛王維以禪意田園山水貫穿詩畫

　　王維字摩詰，號摩詰居士，河東蒲州（今山西永濟）人，唐玄宗年間進士及第，著名的詩人、畫家。王維精通詩、書、畫和音樂，尤其擅長五言絕句和律詩，他信佛參禪，喜歌詠田園山水，有詩佛之稱，與孟浩然合稱「王孟」，北宋蘇東坡對其評價更是到位：「味摩詰之詩，詩中有畫；觀摩詰之畫，畫中有詩。」早期王維也寫過多首邊塞征戰相關的詩，其中「大漠孤煙直，長河落日圓。」、「勸君更盡一杯酒，西出陽關無故人。」便是其名句；比起邊塞詩，他的田園山水詩更為上乘，他的此類之詩往往寂靜空靈，富有天籟般的音樂性，處處充滿禪機，這和王維本人長期茹素信佛有關。他晚期更是在陝西藍田開闢了一處輞川別業，常年隱居于此，創作了不少詩畫，《山居秋暝》、《山中》、《鹿柴》、《竹里館》等名篇皆是此一時期作品。即便不在輞川，他的詩中天地同樣透露一種萬籟空寂的意象，譬如這首《鳥鳴澗》：「人閒桂花落，夜靜春山空。月出驚山鳥，時鳴春澗中。」讀來令人宛若置身空山月夜之中。

顏真卿悲憤難掩當場揮毫《祭姪文稿》

唐玄宗天寶十四年（公元 755 年），安祿山謀反，爆發安史之亂。平原（今山東德州）太守顏真卿聯絡其堂兄常山（今河北正定）太守顏杲卿一起討伐叛軍。次年叛軍史思明攻陷常山，顏杲卿和其子顏季明等一家三十餘口被捕遇害，慘烈犧牲，安史之亂平定後，顏真卿派人至河北尋找姪子顏季明的屍骨歸葬，寫下了這篇轟動文壇的《祭姪文稿》。這篇書法手稿和王羲之的《蘭亭集序》、蘇東坡的《黃州寒食帖》，並稱為「天下三大行書」，並被譽為「天下行書第二」。這篇書法之所以獲得很高的評價，在於它是一個歷史事件的真實記錄；作者寫文時真情流露，難掩心中抑鬱和悲憤，筆墨沉著凝重，線條渾厚有力，字裡行間充滿了作者的思緒波動和情感起伏。顏真卿這篇《祭姪文稿》不是為書法創作的作品，而是當場揮毫之作，文中多有停頓塗改，更顯其時代的真實感和歷史價值。這幅真跡幾經歷代名家輾轉收藏，現存于台北故宮博物院，每遇展出仍是轟動文壇盛事。

崔顥一首《黃鶴樓》讓詩仙李白擱筆讚嘆

　　崔顥，汴州（今河南開封）人，唐代著名詩人，唐玄宗時進士及第。年少輕狂，風流縱酒，初期詩風輕浮，多有閨情風月，後外放各地，浪跡江湖二十載，足跡遍及大江南北，後期經塞北大漠的閱歷，視野開拓，詩風轉為雄渾慷慨，也被歸為《邊塞詩人》之一。崔顥最有名的一首詩《黃鶴樓》：「昔人已乘黃鶴去，此地空餘黃鶴樓。黃鶴一去不復返，白雲千載空悠悠。晴川歷歷漢陽樹，芳草萋萋鸚鵡洲。日暮鄉關何處是？煙波江上使人愁。」即是他遊歷淮楚至武昌時而作，據聞詩仙李白登黃鶴樓時，面對長江滾滾，極目四野，詩興大發，本欲當場揮毫，後抬頭一看讚嘆曰：「眼前有景道不得，崔顥題詩在上頭。」遂擱筆作罷。後來李白遊江夏（今湖北漢陽）作詩《鸚鵡洲》：「鸚鵡來過吳江水，江上洲傳鸚鵡名。鸚鵡西飛隴山去，芳洲之樹何青青。煙開蘭葉香風暖，岸夾桃花錦浪生。遷客此時徒極目，長洲孤月向誰明。」以及遊金陵（今南京）作詩《登金陵鳳凰臺》：「鳳凰臺上鳳凰遊，鳳去臺空江自流。吳宮花草埋幽徑，晉代衣冠成古丘。三山半落青天外，二水中分白鷺洲。總為浮雲能蔽日，長安不見使人愁。」詩中格律之運用，皆有仿崔顥之風韻，難怪有後人評唐人七言律詩，以崔顥《黃鶴樓》為第一。

詩仙李白於興慶宮創《清平調》三首名震長安

　　李白，字太白，唐代著名詩人，中國浪漫主義詩人的代表，有「詩仙」的美譽；祖籍隴西成紀（今甘肅天水），其祖先因罪徙居中亞，他出生于大唐西域安西都護府邊關的碎葉城（今吉爾吉斯托克馬克市），五歲時隨父遷居四川昌明縣（今四川綿陽江油市）青蓮鄉，故號青蓮居士。李白自幼誦讀經書，青少年時又學劍術，二十四歲時離開四川，辭親遠遊。四十二歲那年在長安結識了任太子賓客的賀知章，賀知章讀過李白的《蜀道難》後驚為天人，盛讚李白為「謫仙人」，兩人成為忘年之交，還曾一起於酒館喝酒論詩，賀知章解下佩戴的金龜值當酒錢，一時傳為佳話。此後李白便在賀知章和玉真公主的引薦下面聖皇帝李隆基，開啟仕途，李白在唐朝為官不過三年，而他這輩子最風光的時刻，就是在唐玄宗天寶二年（公元743年）待詔翰林之時。當年春日唐玄宗和楊貴妃於興慶宮的沉香亭觀賞牡丹，本來樂帥李龜年欲率梨園弟子唱歌奏曲助興，但唐玄宗卻說，賞名花，對妃子，不能用舊曲，便命李龜年持金花牋詔李白入宮作詩。李白昨宿酒意尚未完全清醒，入宮後便帶著幾分醉顏（另野史記載，是時高力士幫忙脫靴，楊貴妃幫忙磨墨）當場揮毫，寫下著名的《清平調》三首。李白於皇宮御苑鋒芒畢露，出盡風頭，在首都長安聲名大噪，但他個性浪漫，不拘小節，加上平日恃才傲物和藐視權貴，也導致日後為小人所妒忌詆毀，最後終不得為玄宗所用，被賜金放還。

大唐詩壇泰斗《李杜》的世紀相遇

　　唐玄宗天寶三年（公元 744 年）四十四歲的詩仙李白被朝廷賜金放還，從京城長安來到東都洛陽，與小他十一歲的杜甫終於相遇了，此時的杜甫還在為仕途奔波而一事無成，但這兩位詩壇泰斗的相遇，卻是中國文壇的一大盛事。做為小老弟的杜甫對李白這位詩壇大哥，仰慕已久，而李白對杜甫這位詩壇後進，也是惺惺相惜，兩人初次見面甚是愉快，還相約下次一起尋仙訪道。同年秋天兩人依約在梁宋（今河南開封、商丘一帶）碰面，當時另一邊塞詩人高適正好也在附近漫遊，因此三人同登吹台（單父台）慷慨懷古，而後又一起騎馬打獵，飲酒賦詩，好不快哉！三人分開後，隔年秋天李白又和杜甫於魯郡（今山東）相遇，他們一起出遊，共同去拜訪朋友，同樣喝酒縱歌，留下「醉眠秋共被，攜手日同行」的詩句。後兩次的相會，李杜二人皆有詩作互贈，杜甫贈李白詩曰：「痛飲狂歌空度日，飛揚跋扈為誰雄？」而李白贈杜甫詩曰：「飛蓬各自遠，且盡手中杯。」這些詩句得意盡興而情意深長，留下千古佳話，此外日後兩人天涯羈旅，彼此懷念無限，只能靠寫詩互贈往來，最終李白死在安徽當塗，杜甫歿於湖南潭州（今長沙），他們就再也沒見過面。

杜甫為愛酒的騷人墨客作《飲中八仙歌》

　　自古騷人墨客皆愛酒，尤其詩人更是無酒不歡，不管有錢沒錢，濁酒一壺喜相逢，酒一喝，靈感閃耀，詩興大發，因此詩酒是不分家的。盛唐之際，國富民強，詩歌做為達官顯貴和社會高層人士的用語，更是把唐詩推到歷史的高峰。因此文人雅士和知識分子聚會，那常常是是吟詩作對並且詩酒酬唱，這其中描述文人雅士喝酒聚會，最傳神的當屬詩人杜甫的《飲中八仙歌》：「知章騎馬似乘船，眼花落井水底眠。汝陽三斗始朝天，道逢麴車口流涎，恨不移封向酒泉。左相日興費萬錢，飲如長鯨吸百川，銜杯樂聖稱世賢。宗之瀟灑美少年，舉觴白眼望青天，皎如玉樹臨風前。蘇晉長齋繡佛前，醉中往往愛逃禪。李白斗酒詩百篇，長安市上酒家眠。天子呼來不上船，自稱臣是酒中仙。張旭三杯草聖傳，脫帽露頂王公前，揮毫落紙如雲煙。焦遂五斗方卓然，高談雄辯驚四筵。」當時杜甫、李白、賀知章、李適之（左相）、李璡（汝陽王）、崔宗之、蘇晉、張旭、焦遂等八人，他們都喜歡聚會吟詩喝酒，杜甫透過追憶和詩作把他們喝酒生動的模樣一一躍然紙上，留下詩酒風流的有趣篇章。

張繼逢安史之亂流離蘇州寫《楓橋夜泊》

唐代詩人張繼，湖北襄陽人，唐玄宗年間中進士，兩年後爆發安史之亂，張繼避難流離，行經姑蘇城（今蘇州）時，迷惘個人前途，憂愁國家命運，寫下名聞海內外的《楓橋夜泊》一詩。而《楓橋夜泊》這首詩在歷史上版本、用詞和釋義非常混亂，頗具爭議，至今尚無定論。首先詩名，就有版本是《夜泊松江》，說張繼夜泊地點根本不在現在寒山寺旁的運河邊；而「江楓漁火」也有「江邊漁火」和「江村漁父」等版本；「姑蘇城」也有說是指春秋吳王建的「姑蘇台」，「到客船」也有「過客船」一說。釋義上也有「葉落」之樹不是楓樹而是烏桕樹，而「江楓」是江春橋和楓橋兩橋的合稱，或者根本沒有楓橋這座橋。寒山寺爭議也很大，有說姑蘇城外根本沒有寒山寺，而是指寒冷山中之寺廟。雖然以上種種，莫衷一是，但依舊沒有妨礙人們對這首詩的熱愛。《楓橋夜泊》：「葉落烏啼霜滿天，江楓漁火對愁眠。姑蘇城外寒山寺，夜半鐘聲到客船。」這首詩，畫面寂寥，意境幽美，深刻道出旅人的愁緒與情懷，雖然不一定是詩人最原始的版本，但卻是最能讓人朗朗上口的一首，此詩甚至轟動之後流傳于日本，現在還被收錄于日本小學生的課本中，算是張繼最出名的一首詩了。

浪蕩少年韋應物老年變成韋蘇州

　　韋應物，京兆杜陵（今陝西西安市）人，中唐著名詩人，與唐代田園派詩人王維、孟浩然、柳宗元合稱「王孟韋柳」。韋應物出身於顯赫的關中貴族、唐朝有名的長安城南韋氏，曾祖父曾任武則天朝的宰相，他十五歲時即入選為唐玄宗近身侍衛，出入宮闈，侍駕遊幸；年輕氣盛，浪蕩於鄰里，張揚跋扈。安史之亂後，玄宗逃亡蜀地，他也失職流落，此後他發奮讀書，洗心革面，唐代宗年間他又任職朝廷，奔走於洛陽和長安兩地，晚年外派地方，當過滁州、江州、蘇州三地刺史，最後死於蘇州，故後世稱他為韋蘇州。年輕時見過盛世繁華，安史之亂又歷經過流離敗落，中年喪妻又對韋應物打擊甚大，這也是他人生的一個轉捩點，此後他為官清廉愛民，淡泊名利。韋應物詩風清新自然，多詠山水情境，被歸入陶淵明一派之田園詩人，有「陶韋」之稱，其詩中後期平和恬靜，閒淡幽寂，是盛唐式微轉入動盪中唐的一種精神隱逸境界，在當時詩壇自成一家，其中《滁州西澗》、《簡盧陟》、《秋夜寄丘二十二員外》、《寄李儋元錫》、《寄全椒山中道士》、《淮上喜會梁川故人》等皆是其代表作，名句「春潮帶雨晚來急，野渡無人舟自橫。」有一種空靈的禪意，至今為人稱道。

唐宋八大家之首韓愈被貶潮州寫《祭鱷魚文》

　　韓愈，河南河陽（今河南孟州市）人，世稱韓昌黎，唐朝著名文學家，文章慷慨激昂，氣勢磅礴，論理透徹，被喻為唐宋八大家之首，《師說》和《進學解》皆其名篇，宋朝蘇軾稱其「文起八代之衰，而道濟天下之溺。」韓愈仕途相當坎坷，三歲喪父，由兄嫂撫養成人，期間兄長亡故，最後投靠族兄也無法安頓；生活困苦之下，孤身來到長安，歷經四次科舉才中進士，參加吏部博學宏詞科考，同樣三次名落孫山。終於偶然出任宣武節度使觀察推官，其後又被任國子監博士、監察御史和中書舍人等官職。唐憲宗時，韓愈上表反諫從鳳翔（隸屬今陝西寶雞市）迎佛骨入朝，觸怒龍顏，被貶潮州（今廣東潮州），途經陝西藍田關口，寫下感人的詩作《左遷至藍關示侄孫湘》：「一封朝奏九重天，夕貶潮州路八千。欲為聖明除弊事，肯將衰朽惜殘年。雲橫秦嶺家何在？雪擁藍關馬不前。知汝遠來應有意，好收吾骨瘴江邊。」韓愈被貶到潮州後，當地江中有鱷魚危害百姓，韓愈竟寫祭文設壇祭祀，告令鱷魚於七天之內出江入海，否則格殺勿論，如此鱷魚竟然就消失了，此江也被稱為韓江，以茲紀念韓愈功績。韓愈現存詩文高達 700多篇，其中散文約有 400 篇，韓愈是古文運動的倡導人，他主張繼承秦漢散文風格，反對專講聲律對仗而忽視內容的駢體文，他的文章精辟率真，現在仍有很多成語出自其文。

詩人賈島苦吟推敲終成晚唐一方流派

　　賈島，晚唐詩人，早年科舉不中，曾入寺為僧，後來還俗當上小官，其詩風格沉寂靜寞，曾自述「兩句三年得，一吟雙淚流」，有苦吟詩人之稱，而宋朝文豪蘇東坡把他的詩和孟郊並列，稱「郊寒島瘦」。賈島作詩非常注意句子的用字遣詞，常常花很長時間，反覆錘鍊，苦心推敲，以求達到完美境界，現在常用語「推敲」二字，就是源自賈島的事蹟。某日，賈島去拜訪位於長安郊區的友人李凝，當時夜深人靜，月光照著水池，邊上的大樹有小鳥棲息，友人不在，無人應門，賈島只得獨自返回並寫詩為記。次日，賈島騎驢在長安街上，想起昨夜詩中句子「鳥宿池邊樹，僧敲月下門」，到底是僧「推」還是僧「敲」哪個為好？結果「推敲」二字苦思得太過入神，竟無意中撞上大文豪韓愈的轎子。後來賈島如實告訴韓愈，韓愈不但沒怪罪，反而幫忙推敲了一下，最後認為以「敲」字為佳，因而這首《題李凝幽居》便這樣定稿而後流傳千古，賈島的詩風也自成晚唐一方流派。

146

元稹和白居易倡導新樂府運動並稱「元白」

　　元稹，字微之，河南洛陽人，唐朝著名詩人，北魏皇族後裔，少有才名，與白居易同年科舉及第，曾一度拜相。元稹於唐憲宗年間任職朝廷，但鋒芒太露，得罪權貴，被貶為河南縣尉，後被提拔為監察御史，任上秉公執法，觸犯藩鎮集團利益，又遭打壓排擠，仕途挫折之際又逢愛妻病故，悲傷之餘寫下著名的悼亡詩《遣悲懷三首》。元稹才華出眾，但正直的性格為朝廷不容，數度被貶，流寓荊蠻之地，唐穆宗年間他一度回朝拜相，但卻深陷朝廷政治鬥爭，又被貶到浙東，唐文宗年間，他回朝任職，在混亂的朝廷傾軋之中，最後暴病而亡。《樂府詩》本是漢代特有的詩歌形式，流傳到唐朝時仍有許多詩人在創作，元稹特別推崇杜甫在新式樂府詩的創作，不虛為文，為有特定時代意義的人事物寫文，在此精神上他和白居易理念一致，共同倡導新樂府運動。元和是唐憲宗的年號，元稹和白居易同年登科又是詩壇好友，他們詩歌的新風格在唐朝當時起到一個轉型作用，是唐詩過渡到以後宋詞的一個轉折點，史上評價「詩到元和體變新」，因此他和白居易並稱「元白」，是唐詩繼李白、杜甫並稱「李杜」之後的兩座豐碑。元稹的《離思》其中名句「曾經滄海難為水，除卻巫山不是雲」傳誦千古，至今不絕；他所著的唐代傳奇小說《鶯鶯傳》成為元代王實甫創作《西廂記》的藍本；他還和唐代才女薛濤有過一段情緣，經歷許多人生跌宕和生離死別，元稹之詩現在讀來仍然情致曲絕，入人心扉。

詩王白居易風格淺顯易懂聲名遠播日本

唐朝詩人白居易，字樂天，號香山居士，祖籍山西太原人，一生寫詩超過三千首，曾因誦讀過多，口舌生瘡，書寫太勤，手指長繭，被譽為詩王和詩魔。白居易進士出身，唐憲宗時曾任翰林學士，官至左拾遺。初期任職今西安市周至縣尉，與友人同遊馬嵬坡附近寺廟時，因有感唐玄宗與楊貴妃的愛情故事而作《長恨歌》。後因常直言不諱、上諫時事，得罪朝廷，被貶為江州（今江西九江）司馬，此間他又寫了《琵琶行》，於忠州（今重慶忠縣）刺史任內，在該地東坡種花，曾回朝任職，後又被外放任職杭州刺史和蘇州刺史。他於杭州刺史任內整治西湖，挖掘淤堵，於蘇州刺史任內疏濬河道，建造「七里山塘」；甚至曾經出錢整頓河灘，造福當地百姓，與民同苦樂，他的風格影響了宋朝詩人蘇東坡。白居易詩風閑適感傷但通俗易懂，老嫗童子皆能上口，因此詩集《白氏文集》和《白氏長慶集》隨著日本在唐學習的遣唐使傳入日本後，深受日本天皇和民間喜愛。白居易的詩在唐朝名氣不及李白、杜甫，但其影響力在日本卻無人能及，除了淺顯易懂之外，這和日本地理環境中，人對四季輪回的情懷，多愁善感，讀白居易的詩產生共鳴有關。

傲骨詩人劉禹錫被貶和州寫《陋室銘》

劉禹錫，河南滎陽（今河南鄭州）人，唐代文學家，曾任職監察御史，唐順宗年間參加以王叔文為首的「永貞革新」，結果失敗被貶後調任為和州（今安徽和縣）刺史。赴任時被和州知縣安排住歷陽城南外臨江三間小屋，他不以為意在門口寫了一副對聯：「面對大江觀白帆，身在和州思爭辯。」知縣看了很生氣，把他的住所移到城北外的河邊，並把屋子減為一間半，於是他又寫了一副對聯：「楊柳青青江水邊，人在歷陽心在京。」知縣看了更火大，又把他的住處調到城中一間僅容一床一桌一椅的小屋，於是劉禹錫就在這小屋內寫了著名的《陋室銘》，表達他偉岸的情操與不同流合污的心志，「山不在高，有仙則名。水不在深，有龍則靈。」就是其中名句。劉禹錫為官曾數次被貶謫，來回京城，但他看不慣朝廷執政勢力，總是寫詩譏諷挖苦對手，其中他兩度遊長安玄都觀（今西安崇業路一帶）寫下名詩：「紫陌紅塵拂面來，無人不道看花回。玄都觀裡桃千樹，盡是劉郎去後栽。」和「百畝庭中半是苔，桃花淨盡菜花開。種桃道士歸何處？前度劉郎今又來。」

陸羽著《茶經》開創唐代飲茶之風

　　陸羽，字鴻漸，唐朝復州竟陵（今湖北天門市）人，《茶經》是他的成名作，也是中國第一部最早有關茶的專著，它詳細記載唐代之前的茶葉產地和環境，並把各地茶葉的特色加以比較；另外有關製茶的方法以及煮茶和喝茶的道具和流程，也都巨細靡遺地加以描述和評論，堪稱是一部茶的百科全書。陸羽是個被遺棄的孤兒，於竟陵龍蓋寺（後改稱西塔寺）西湖之濱被住持智積禪師拾得，自幼在佛寺長大，天資聰穎，勤奮博學，長大後並不想成為一名僧人，他善煮茶、品茶，對茶有濃厚的興趣，二十一歲開始便到南方主要產茶的地區實地考察訪問並詳細記錄，歷時大約十六年。安史之亂期間，陸羽曾到升州（今江蘇南京）寄居棲霞寺鑽研茶事，之後又隱居苕溪（今浙江湖州市）專心著作，歷時五年完成，接著又花費近五年增補修訂，最後這本《茶經》在經過漫長的二十六年終於問世。茶在唐代之前大多作為藥用，甚少作為飲品，陸羽《茶經》流傳之後，官方和民間飲茶之風大盛，飲茶逐漸成為一種國飲，可以說茶變成中國生活文化的一部分，最早始於陸羽對茶的研究、著作和推廣，故陸羽又有「茶聖」或「茶仙」的美譽。

張若虛憑藉《春江花月夜》孤篇壓全唐

　　張若虛，揚州人，曾任兗州兵曹，與賀知章、張旭、包融合稱唐朝「吳中四士」，他傳世之詩甚少，現僅兩首收錄于《全唐詩》中，其中一首《春江花月夜》膾炙人口，被喻為孤篇壓全唐。《春江花月夜》是借春天晚上的流水、花、月之景，動靜變化，相互交融，表達對人生悲歡離合的感悟。詩風清麗空靈，情境優美深遠，詩中有畫，而畫中有音樂，透過詩的鋪陳，畫面中幻動著光影，光影中滲透著流水的聲音。而人生的遭遇就好似此時江水的景致，透過這個集詩、畫和音樂于一體的一種藝術美，表達出深刻的哲理和情懷，這是張若虛過人之處，也是這首詩備受讚美和推崇的原因。張若虛其人其詩，在唐代默默無聞，甚至無人知曉，他的詩一直到宋代才被收錄到《樂府詩集》中，但也个出名，一直到明朝中葉之後，他的詩才比較被多方收錄，開始有人評論，進入清朝之後，收錄和評論此詩的人開始增多，從而至今這首詩獲得很多人的研究和讚賞，奠定了張若虛在唐詩的地位，證明他這一江春水花月並非浪得虛名。

解脫門

鳥啼花放爾時休息爾時心　浮生夢覺自知歸　解脫門開誰肯入　山靜雲閒如是機緣如是法

156

醉僧懷素筆走龍蛇成就天下第一草書

　　懷素，字藏真，永州零陵（今湖南零陵）人，唐朝著名書法家，草書與張旭齊名，人稱「顛張狂素」。他自幼出家，誦經參禪之餘，喜歡寫草書，雖是僧人，但好酒，人稱醉僧，常趁酒酣興發，揮毫而就，一氣呵成。懷素書法，初學歐陽詢，後學草聖張旭的學生鄔彤，因此懷素算是間接傳承張旭的狂草。《白敘帖》是懷素流傳下來篇幅最長的作品，有天下第一草書之美譽，現存于臺北故宮博院。懷素約 32 歲時曾赴長安拜謁名師，在長安住了五年，在回鄉路上，路過洛陽，此時曾在洛陽活動的草聖張旭已死，懷素仍特意前往追思緬懷，卻無意中遇上張旭的弟子顏真卿，顏真卿欣賞懷素草書，遂應懷素之請，為《懷素上人草書歌集》作序，《自敘帖》便是在此一歌集的基礎上創作的。《自敘帖》之所以出名，是因為在書法講究神形兼備的寫意上，它急緩有序，運筆如行雲流水，有時如微風細雨，有時又似狂風驟雨，飄忽不定，高深莫測。懷素這種如狂想曲般躍動的草書，筆走龍蛇，和張旭有異曲同工之妙，歷代推崇狂草合稱「草書二絕」。

158

柳宗元被貶永州寫下著名的《永州八記》

　　柳宗元，字子厚，河東（今山西運城）人，唐宋八大家之一，唐朝著名的文學家、詩人，世稱柳河東，與大文豪韓愈並稱「韓柳」。柳宗元祖上世代為官，他 21 歲進士及第，唐順宗年間，他被提拔為禮部員外郎，參加王叔文主政的「永貞革新」改革運動，但改革運動被宦官集團和藩鎮勢力聯合打擊，以失敗告終，王叔文被賜死。改革運動失敗後，柳宗元被貶為永州（今湖南零陵縣）司馬，在永州為官和生活的十年中，他大量專研文史、政治、哲學，而在當地和周邊的遊歷中，他寫下了著名的散文《永州八記》，他的《柳河東全集》超過一半的詩文都是在此期間完成的。唐憲宗年間，他曾被召回長安，但受武元衡等人排擠，又被貶為柳州（今廣西柳州）刺史，最後病卒于柳州，後人也稱他為柳柳州。柳宗元的散文寫得極好，富有深意和隱喻，像成語「黔驢技窮」即出自他的小品《黔之驢》，而他的另一篇散文《捕蛇者說》正和孔子所說的「苛政猛於虎」遙相呼應。另外他的詩頗富田園山水風格，像這首五言絕句《江雪》：「千山鳥飛絕，萬徑人蹤滅。孤舟簑笠翁，獨釣寒江雪。」讀起來很像一幅畫，意境深遠，很有穿透感，是唐詩不可多得的極品。

浪漫主義詩人李賀英年早逝人稱詩鬼

　　李賀，河南福昌縣昌古鄉（今河南宜陽）人，中唐浪漫主義詩人，與李白、李商隱合稱為「唐代三李」，後世稱李昌古。李賀是李唐宗室家族的後裔，但家道早已中落，家境貧寒，他才思聰穎，七歲能詩，大文豪韓愈曾造訪，驚其文才。及長，李賀常騎驢外出尋找靈感，偶得佳句，書寫置於錦囊之中，回家後整理成詩，十五歲時其詩名已經譽滿京華。李賀十八歲時曾寫名詩《雁門太守行》拜謁韓愈，二十一歲時赴長安參加進士科舉考試，但為小人嫉妒排擠，最終落榜。隔年李賀終於當上一名九品小官，在長安三年他歷經了生活的現實，創作了許多詩歌，反映了當時社會的流弊，他在文壇的地位也得力於此期間的諸多作品。後來李賀仕途困厄，中途又因妻病卒，憂鬱成疾，本想南遊吳越一展才華，但最終力不從心，回歸故里昌古整理詩作，二十七歲就英年早逝。李賀是繼屈原、李白之後，中國文學史上另一浪漫主義詩人，其詩反映了唐朝藩鎮割據下統治者的腐敗和社會的黑暗，他的詩風瑰麗璀璨，想像奇特，而題材魅幻有如神鬼之言，有時讀來陰氣森森，令人毛骨悚然，故有「詩鬼」的稱譽。李賀的代表詩作有《夢天》、《雁門太守行》、《致酒行》、《天上謠》、《南園十三首・其五》、《金銅仙人辭漢歌》等，而「我有迷魂招不得，雄雞一聲天下白。」、「男兒何不帶吳鉤，收取關山五十州？」、「衰蘭送客咸陽道，天若有情天亦老。」等皆是其傳世名句。

162

風流詩人杜牧懷才不遇作詩《遣懷》

　　杜牧，京兆萬年（今陝西西安）人，名門之後，進士及第，以一篇《阿房宮賦》闖出名氣，踏上仕途。起初在位於揚州的淮南節度使牛僧孺門下任幕僚，雖曾回京任職升官，但唐憲宗年間開始，朝廷爆發以牛僧孺和李德裕為首的「牛李黨爭」，這個黨爭其實背後是宦官集團的權利鬥爭，而此鬥爭竟長達四十年之久，歷經六位皇帝才結束，可以說從杜牧入朝當官到他死為止，剛好都處於朝廷的黨爭風暴中。杜牧個性耿直，風流倜儻，不拘小節，他雖自負經略濟世之才，關心政治和軍事，也曾研究並註解《孫子兵法》，想要建功立業，但朝廷官場險惡，他多次選擇外放任職地方，晚年他有感懷才不遇，曾經一度風花雪月，光陰虛度，志業無成，寫下著名的《遣懷》：「落魄江湖載酒行，楚腰纖細掌中輕。十年一覺揚州夢，贏得青樓薄倖名。」此外《清明》、《山行》、《泊秦淮》、《江南春》、《赤壁》、《過華清宮》等皆是其名詩，後人以李商隱和杜牧合稱「小李杜」有別於李白、杜甫合稱的「李杜」而各領風騷。

溫庭筠詩詞婉約柔靡成為花間鼻祖

溫庭筠，字飛卿，太原祁縣（今山西太原）人，著名晚唐詩人、詞人。他出身沒落貴族，文思敏捷，頗有天賦，但恃才不羈，縱酒放浪，曾因緣際會收才女詩人魚玄機為徒並教她寫詩；後因常譏諷權貴，故履試不第，又代其他考生做賦，擾亂科場，被貶為縣尉，最後客寓襄陽、江陵一帶，曾短暫回長安任職，後又被貶，客死他鄉。溫庭筠精通音律，詩詞兼工，雖然長相醜陋，但其詩婉約柔美，羈旅感懷之作氣韻清新，其中《商山早行》名句「雞聲茅店月，人跡板橋霜。」家喻戶曉，與李商隱並稱「溫李」；其詞詞藻華麗，多寫女子閨情，濃豔柔靡，其中《菩薩蠻・小山重疊金明滅》是代表作，和韋莊都是花間派代表人物，並稱「溫韋」，他更被稱為花間鼻祖。唐代歷經安史之亂，國力由盛轉衰，至晚唐時又遇宦官集團支持的黨爭，每況愈下，唐詩由大氣磅礡轉而柔弱華麗，唐末五代之際，局勢動亂，蜀地偏安內陸，社會風氣奢靡腐敗，君臣犬馬聲色，狎妓宴飲，處處弦歌醉舞，花間詞派因應而生。花間詞派詞藻華美，多寫貴婦美人之服飾姿容及心理活動，五代十國後蜀趙崇祚收錄此類詞人之作編有《花間集》問世。花間詞派風格雖綺麗柔靡，但興盛一時，這也替日後宋詞打下了基礎，對日後宋代婉約詞派以及清代常州詞派有很深遠的影響。

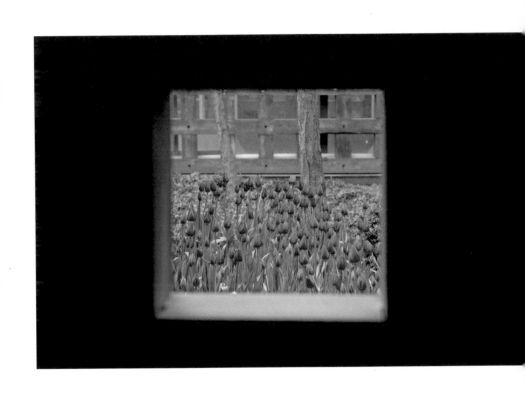

李商隱創作多首纏綿悱惻的愛情詩《無題》

　　李商隱，字義山，懷州河內（今河南沁陽）人，晚唐著名詩人，和杜牧合稱「小李杜」。李商隱的遭遇也和杜牧有些類似，都是進士出身，而且都因為身處李德裕和牛僧孺的「牛李黨爭」而仕途不得意。李商隱早年受到令狐楚和令狐綯父子的賞識而在其府上當幕僚，令狐楚死後他又應涇原節度使王茂元之邀入幕當幕僚，王茂元欣賞他的才華，便把女兒嫁給了他，但是唐憲宗年間爆發「牛李黨爭」，李商隱的岳父隸屬李黨，而先前好友令狐綯隸屬牛黨，李商隱遂被排擠而後仕途不順。之後長達 40 年的黨爭，李商隱處於權力鬥爭的夾縫中，到處漂泊，官小俸微，一生並不得志。倒是李商隱一生在詩文方面頗有成就，他的駢文寫得很好，而在詩歌方面更是出色，尤其他創作了許多以《無題》為名的愛情詩，詩風濃麗深情，纏綿悱惻，朦朧而含蓄，如「相見時難別亦難，東風無力百花殘。春蠶到死絲方盡，蠟炬成灰淚始乾。」另外《夜雨寄北》、《樂遊園》、《錦瑟》、《嫦娥》等都是他的名篇。李商隱的詩，情感濃厚，有一部分甚至隱晦迷離，暗藏玄機，但他在唐詩中卻獨樹一格，觸動人心，至今讀來令人回味無窮。

168

中國山水畫至五代十國分成南北畫派

統治 289 年的唐朝被軍閥朱溫滅亡後，各路節度使展開藩鎮割據，分裂成五代十國（北方五個朝代，南方十個小國），因為地域的區隔，中國山水畫的傳承在此時分成南北兩大畫派。山水畫北派以荊浩、關同、李成、范寬為代表，而奉後梁畫家荊浩為開山鼻祖；山水畫南派以董源、巨然為代表，而奉南唐畫家董源為開山鼻祖。中國山水實體南北迥異，北方以秦嶺太行山為宗，格局偉岸，山勢雄渾，峻厚挺拔，石質堅凝，北派畫家不管寫景寫意，都在表現此一環境的高遠和深遠調性，他們的代表作有荊浩的《匡廬圖》、《雪景山水圖》、關同的《山溪待渡圖》、《關山行旅圖》，李成的《讀碑窠石圖》、《晴巒蕭寺圖》、《寒林平野圖》，范寬的《谿山行旅圖》、《雪山蕭寺圖》、《雪景寒林圖》。南方以長江流域南北為主體，山勢平緩，丘陵江湖相接，煙雲氤氳，草木柔茂，南派畫家在風格上主要表現當地的平遠和遼闊，他們的代表作有董源的《瀟湘圖》、《溪岸圖》、《夏景山口待渡圖》，巨然的《萬壑松風圖》、《秋山問道圖》、《山居圖》。此後，北派山水畫的雄健和南派山水畫的秀雅，隨著歷史的演進和融合，不斷傳承，對後世中國畫壇影響深遠。

亡國之君南唐後主李煜文采出眾

　　中國歷史上有兩個亡國之君非常相似，一個是五代十國的南唐後主李煜，一個是北宋的終結者宋徽宗趙佶，兩個人都是能書善畫，趙佶以書法和繪畫見長，而李煜在詞和音律上更勝一籌，李煜在南唐亡國後被北宋俘去毒死，趙佶則在北宋亡國後被金國擄走燒死，兩人都是受軟禁後屈辱慘死，歷史真是驚人的相似啊！李煜和趙佶都具有藝術天賦，都生於皇家宮廷，都沒有當皇帝的能力和野心，可是命運使然到最後都不得不登上皇位，如果他們兩人都不做皇帝，也許都是文采風流的傑出藝術家。按照清末著名學者王國維對李煜的評價「性情率真，有赤子之心，生於深宮之中，長於婦人之手，這是為人君的短處，卻也是為詞人的長處。」李煜詞風，初期旖旎媚麗，描繪宮中行樂風月，被俘後期，詞風轉為悲涼淒清，抒發亡國的無奈和對故國的懷念。如今他的《虞美人》：「春花秋月何時了，往事知多少？小樓昨夜又東風，故國不堪回首月明中。雕欄玉砌應猶在，只是朱顏改。問君能有幾多愁，恰是一江春水向東流。」每次讀來仍是令人不勝唏噓。

宋

范仲淹憂國憂民作《岳陽樓記》

范仲淹，蘇州吳縣人，北宋仁宗時進士及第，當官期間正值北宋內憂外患之際，曾調任陝西負責對西夏戰事，採用屯田久守防禦策略，迫使李元昊議和。後回京推行「慶曆新政」，但以改革失敗告終，范仲淹被調職河南鄧州，於鄧州任上應同為被貶好友巴陵郡（今湖南岳陽）太守藤子京之邀，為重修之岳陽樓寫文，這便是名聞天下的《岳陽樓記》。瀕臨湖南洞庭湖的岳陽樓，與江西南昌的滕王閣和湖北武昌的黃鶴樓並稱江南三大名樓，岳陽樓之所以有名，全因范仲淹的這篇散文《岳陽樓記》。此篇除了寫景，范仲淹把為人臣子，對黎民百姓的關懷和家國君王的擔憂，直抒胸臆。其中名句「居廟堂之高則憂其民，處江湖之遠則憂其君。」「先天下之憂而憂，後天下之樂而樂。」已是家喻戶曉，而文中有許多成語如「政通人和，百廢俱興。」、「春和景明，波瀾不驚。」等等，迄今仍經常被引用，難怪有後人把《岳陽樓記》評為中國古代經典散文之首。

172

晏殊開創北宋婉約詞風

　　晏殊，字叔同，江南西路撫州臨川縣（今江西臨川）人，北宋文學家、詩人。五歲能作詩，十四歲時以神童之名被推薦參加朝廷科舉考試，宋真宗賞識其才賜同進士出身，宋仁宗時任太子舍人，後官至宰相。晏殊一生作詞達一萬多首，可惜大部分皆已佚失，今傳世僅剩一百多首，他吸收了南唐花間派和馮延巳的典雅清麗，開創了北宋婉約詞風，是北宋倚聲家（以慢詞為賦）之鼻祖，後世婉約派名人李清照亦稱晏殊為祖師爺。晏殊第七子晏幾道和他相似，七歲能詩文，十四歲就參加科舉考試並且金榜題名，在晏殊仕途如日中天之時，晏幾道風流公子，鮮衣怒馬，眠花宿柳，春風得意，之後任職朝廷期間，卻因受反對王安石變法的牽連，慘遭下獄，此後家道中落，一度縱情於詩酒，奸臣蔡京當政，他更感仕途無望，索性流連於青樓花間，以填詞為業，沉醉在歌藝美女唱和的溫柔鄉裡。晏殊和晏幾道，人稱「大晏」和「小晏」，兩人在詞界又合稱「二晏」，晏殊詞風雍容典雅，晏幾道詞風纏綿哀怨。晏殊的代表作有《浣溪沙・一曲新詞一杯酒》、《蝶戀花・檻菊秋煙蘭泣露》、《浣溪沙・一向年光有限身》、《玉樓春・春恨》等，而晏幾道的名作為《臨江仙・夢後樓台高鎖》、《鷓鴣天・彩袖殷勤捧玉鍾》、《鷓鴣天・小令尊前見玉簫》、《破陣子・柳下笙歌庭院》等。

175

歐陽修作《醉翁亭記》意在山水之間

　　歐陽修，號醉翁，吉州永豐（今江西吉安永豐縣）人，北宋著名文學家，宋仁宗時進士及第，唐宋八大家之一，又與韓愈、柳宗元、蘇軾合稱千古文章四大家。

　　歐陽修仕途坎坷，曾三次被貶官，第二次是在范仲淹主持的「慶曆新政」革新失敗後，他被牽連貶到安徽滁州任太守；於滁州琅琊山中認識山僧智仙，智仙和尚於山中建有一小亭，從該處遠眺青山環繞，蔚然深秀，讓泉潺潺瀉於兩峰之間，歐陽修常設宴邀朋友在此遊樂飲酒，觥籌交錯。歐陽修酒量不好，少飲即醉，故自號醉翁，但他自白：「醉翁之意不在酒，在乎山水之間也」，故該亭取名為醉翁亭。《醉翁亭記》這篇著名散文就是歐陽修記述他被貶後，仍心胸豁達而怡然自得於山水之間。歐陽修手書的《醉翁亭記》曾碑刻於亭下，後來歐陽修的學生蘇軾恐字小碑淺，不利於流傳久遠，故又手書大字碑刻于此，後人把這「歐文蘇字」並稱二絕。《醉翁亭記》是中國古代經典散文之一，許多成語像「峰回路轉」、「觥籌交錯」、「水落石出」、「前呼後應」等都出於此。

科學家沈括退休隱居創作《夢溪筆談》

　　沈括，杭州錢塘（今浙江杭州）人，北宋科學家，宋仁宗時進士出身，曾任職司天監、翰林學士等職，博學多聞，對天文、地理、水利、曆法、音樂、生物、醫藥、冶煉等都有相當的考證和研究。退休之後他在潤州（今江蘇鎮江）建夢溪園，深居儉出，把平生經歷的工作經驗，所見所聞，撰稿成冊名為《夢溪筆談》。此書所涵蓋的目錄相當廣泛，舉凡天文、地理、物理、化學、農業、水利、建築、醫藥、氣象等等，無所不包，其中屬於自然科學方面的超過三分之一，這在宋代出版作品中不但獨樹一格，在中國古代諸多作品中也是非常少見。沈括在書中對於畢昇活字版的印刷技術、水流侵蝕的造山運動、磁針不完全指南的偏磁角現象的提出，在當時都是領先全世界的。沈括的《夢溪筆談》出版後，從 19 世紀到 20 世紀陸續受到日、美、英、德、法、義等外國學者的深入研究，其中英國著名的科學歷史學家李約瑟更評為「中國科學史上的里程碑」。

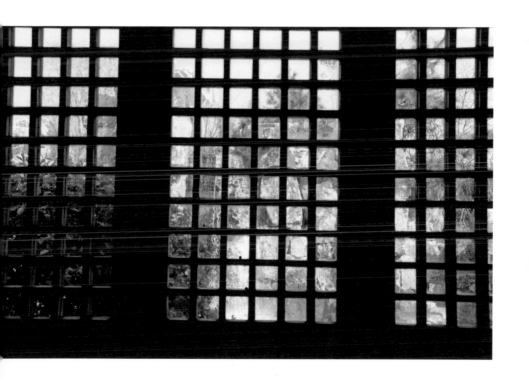

畢昇發明活字版印刷術開創文化出版新紀元

　　早在唐朝時期，出版文章和書籍採用的都是雕版印刷，把文章書寫在一張薄紙上，把此張薄紙反面貼在一塊大小相稱的木板上，把此木板上沒有字跡的空白處刻挖掉，留下凸出的反面字體，這就是雕版。在雕版上塗上墨汁，在其上面覆蓋紙張，均勻按壓之後，把紙張掀離，即可得到一張印刷文章或圖案的紙。此種印刷術每頁文章都要雕刻一塊木板，耗時費工，而且雕版的數量非常龐大，保存也相當占空間。北宋仁宗年間，印刷鋪工人畢昇原本也是一名雕版印刷技工，他從他兩個小孩在玩過家家時，把放在地上的泥人任意擺來擺去，得到靈感。他在陰乾的方形泥塊上刻出凸起的反面字，再把刻有單字的泥塊加以燒製，再利用這些單字根據文章內容加以組合排版，即所謂活字版，塗上墨汁再覆蓋紙張即可進行印刷，印刷完後，泥燒的單字從版上拆除，下次印刷其他文章或書籍時可以重新組合使用。此種印刷的好處是只要把泥燒的單字先準備好，可以很快組合排版，應對不同文章或書籍的出版，效率大為提高。畢昇發明的活字版印刷術比西方最早的活字銅版印刷術要早四百年，是我國古代四大發明之一，對中華文化的傳播有不可抹滅的貢獻。

青樓墨客柳永的詠別情代表作《雨霖鈴》

　　柳永，原名三變，別稱柳三變，崇安（今福建武夷山）人，北宋著名詞人，婉約派的代表人物。年輕時曾流寓蘇杭一帶，沉醉于酒肆歌樓，科舉屢試不中，於是宦遊羈旅各地，浪跡江湖，為求生計，以填詞為業，于第四次落第後與情人（或稱蟲娘）離別之際，寫下著名詞作《雨霖鈴》，一直到暮年才進士及第。宋仁宗即位期間注重儒雅，但柳永好作豔詞，聲名在外，不為重用，只能輾轉任職江南一帶地方官吏。柳永詞風婉約傷感，意境蒼涼落寞，和自身的漂泊經驗有關，他有許多詞是反映青樓不幸女子的內心情感，故他的詞在秦樓楚館中受歌妓青睞傳唱不絕。柳永晚年窮愁潦倒，大量的詞更是表達其人生的追求、挫折、失意和無奈，可以說柳永的詞就是其人生的際遇，情真意切，讀來令人感嘆不已；據傳柳永死時還是由一群歌妓湊錢安喪，並於每年清明相約替其掃墓祭墳稱之弔柳會。他的代表作《雨霖鈴》其中名句「多情自古傷離別」、「今宵酒醒何處？楊柳岸，曉風殘月。」意境蒼涼高遠，抒情而感人，傳誦至今仍令離別的情人或分別的友人感同身受，不愧是詠別情詩的經典之作。

宋

司馬光歷時十九年編撰史書《資治通鑑》

　　《資治通鑑》是中國一部編年體的通史巨著，共有294卷，約300萬字，它記錄的是從春秋戰國時期韓趙魏三家分晉開始，一直到宋朝建立之前的五代後周世宗，這中間共歷16朝，長達1362年的歷史興衰。北宋年間，外患不斷，宋英宗時司馬光已開始編撰古代通史，宋神宗即位後想要改革圖強，於是令王安石主持變法，而司馬光對變法和王安石意見分歧，陷入新舊黨爭風暴，最後司馬光辭去樞密副使的官職，轉居洛陽十五年，不問政事，退而專心修史。這部《資治通鑑》正是司馬光歷經兩任皇帝，前後主持編撰共費時19年才完成，司馬光自己說他為此耗盡畢生精力，頭昏眼花，齒牙所剩無幾，而此巨著成書兩年之後，司馬光便與世長辭了。《資治通鑑》的內容以政治、軍事和民族關係為主，輔以經濟、文化和歷史人物評價。這部史書問世以來，受到歷代帝王將相和文人士子不斷的閱讀、點評、批注，是研究歷史興衰更迭的經典之作，其受到的讚譽只有司馬遷的《史記》可與之媲美。

宋

王安石變法意在富國強兵但功敗垂成

　　王安石，字介甫，撫州臨川（今江西撫州）人，北宋著名的政治家、文學家、詩人，名列唐宋八大家之一。王安石從出生到逝世，經歷北宋五位皇帝，兩度拜相又罷相，任內最出名的事蹟便是變法。宋神宗年間，王安石主持變法，他變法意在富國強兵，他的新法主要是從國家財政和軍事方面做根本的改革，以擺脫北宋貧弱積累的局勢。新法的根本手段是以國家官僚資本來促進民間經濟的發展，達到提高國家財政收入，並透過新的將兵管理方法提高軍事能力。但新法在推行上，因為牽涉到利益的重新分配，上有朝廷保守派的反對勢力，下有民間地主富商豪強的掣肘，加上王安石的執政團隊並無法在民間徹底落實新法的內涵，變法的過程變成官與民爭利，結果是國富而民貧，民間怨聲載道，變法最後以失敗告終。綜觀王安石變法，完全出於公心，想要富國強兵，但當時的封建社會制度，無法提供變法可以成功的環境和條件。王安石除了從政，他在詩文方面的成就也很高，早期他的作品比較強調經世致用之價值，因而議論和說理的成分居多，晚年他漸漸遠離政壇，淡泊名利，研究佛理，詩文風格轉而含蓄深婉。王安石為人直率，不修邊幅，一生樸素清廉，歷經仕途起伏跌宕，而其詩詞自成一家，《泊船瓜洲》、《登飛來峰》、《梅花》、《元日》、《桂枝香》等皆是其名篇。

宋朝理學開山鼻祖周敦頤作《愛蓮說》

周敦頤，道州（今湖南道縣）人，宋朝著名的文學家和哲學家，也是宋朝理學的開山鼻祖。周敦頤不但對哲學思想下功夫專研，對興教辦學也是成績斐然，宋代另外兩位理學大師成頤、成顥都曾受業在他的門下。中年當官期間曾和友人同遊廬山，留下美好印象，而周敦頤退休後也就隱居於廬山蓮花峰下，並將門前小溪取名濂溪，故他也被後人稱為濂溪先生，周敦頤除了理學思想的貢獻，他的名作《愛蓮說》亦對後世影響甚巨。《愛蓮說》這篇散文，是以花來代表作者自己人格的高風亮節，其中敘述世上可愛的花草很多，晉朝的陶淵明愛菊，世人甚愛牡丹，而自己獨愛蓮花，愛其「出淤泥而不染，濯清漣而不妖，中通外直，不蔓不枝，香遠益清，亭亭淨植，可遠觀而不可褻玩焉。」他把菊喻為隱逸者，牡丹喻為富貴者，而蓮喻為君子，並說：「愛菊之人，在陶淵明之後就很少聽聞了，和我一樣愛蓮之人，又有誰呢？愛牡丹的人，當然就很多了。」大有世人隨波逐流者多，而知音難覓之嘆。周敦頤的《愛蓮說》風格孤高亮潔，受到各朝文人雅士的膜拜，名篇流傳至今依然歷久不衰。

宋

大儒張載思想宏大成為民族精神座右銘

　　北宋文治繁盛在藝術和學術水平方面都達到了中國歷史的高峰，這其中當然和宋代開國之風提倡文治以及人才輩出有關，但還有一個關鍵是人才有出頭的機會，而對於識人精準和提拔人才有很大貢獻的伯樂，首推宋仁宗年間的科舉主考官歐陽修，歐陽修除了本身就是文學大家之外，被他賞識提拔的有蘇軾、蘇轍、曾鞏、曾布、成頤、呂惠卿、章惇、王韶、張載等人，這些人日後都有相當的才學成就。張載年輕喪父，早年讀書非常刻苦，他在自己書房寫了一副對聯「夜眠人靜後，早起鳥啼先。」以此激勵自己，直到 38 歲才中進士。中國三大思想主流儒道佛傳承到宋朝時，道、佛兩家還在繼續發展，但儒家顯得停滯不前，一直到北宋中期，張載、成頤、成顥、周敦頤、王安石、朱熹等人，開始致力于儒學的淬煉和昇華，紛紛開課，授業講學。張載曾任職朝廷，後來辭官回老家橫渠（今陝西眉縣）著書立說，講學教人，以一介布衣造福地方，他最有名的格言便是所謂橫渠四句：「為天地立心，為生民立命，為往聖繼絕學，為萬世開太平。」把千古以來文人讀書當官的宏偉志向，鏗鏘有力地表達出來，如今這四句話已經變成中華民族的精神座右銘。

宋

朱熹窮究理學集儒家思想大成

　　朱熹，南劍州龍溪（今福建龍溪）人，南宋著名的理學家、哲學家、教育家。他少有大志，立志于聖賢之學，十九歲就進士及第，曾任福建漳州知府、浙東巡撫等職，他繼承宋朝理學二程（程顥、程頤）的思想，熱衷于著作和講學，與二程合稱程朱學派。他的經典著作是《四書章句集注》，曾花費大量精力把儒家經典《大學》、《中庸》、《論語》、《孟子》所謂四書，重新集注並合刊，此著作日後被官方當成科舉考試的標準，儒家士子人人必讀，影響遠達元、明、清三朝。朱熹當官任內曾重修白鹿洞書院（今江西境內）和嶽麓書院（今湖南境內），發展教育，親自講學，培育人才，並且製定書院教學宗旨和學規。所謂理學，就是研究儒家經典義理的學說，這在宋代非常發達，而朱熹無疑是這個領域，學術造詣最深和影響最大的儒者，可謂集儒家思想之大成，其功績與孔子等聖賢並列，被後世尊稱為朱子。朱熹理學的主要理論是：理是超越自然現象和社會現象，形而上的一種事物規律，而萬物之理終歸為一，此乃太極。因此人和物都有一個太極，人和物就是以這個抽象的理作為它存在的根據。另外朱熹認為凡人一定要「格物致知」，去窮究天理和萬物之理，才能開啟智慧，方可進入聖賢之域。

宋

朱張會講成就嶽麓書院歷史地位

　　書院是中國古代民間私辦學堂有別於官辦學府。位於湖南長沙嶽麓山腳的嶽麓書院與河南應天書院、江西白鹿洞書院、山東徂徠書院並列為中國古代四大書院。嶽麓書院在五代初具雛形，起初是僧人私辦，北宋年間潭州（今湖南長沙市）太守朱洞正式創辦，委任民間學者當山長（院長），開始招生講學。後來宋代理學大師朱熹和張栻在嶽麓書院舉辦理學論辯，這就是歷史上有名的「朱張會講」，從此書院聲名大噪，天下學子盡知。明代理學大師王陽明也曾在此講學，受歷代皇帝的重視和賜書、賜匾，嶽麓書院在清朝進入鼎盛，培養了數量龐大的人才，其中名人輩出，魏源、左宗棠、曾國藩、譚嗣同、黃興、蔡鍔等都曾是這裡的學子。嶽麓書院所在的嶽麓山也是中國的四大賞楓勝地之一，唐代詩人杜牧《山行》詩中的「遠上寒山石徑斜，白雲深處有人家。停車坐愛楓林晚，霜葉紅于二月花。」便是描寫這裡的秋景，故此地現在建有「愛晚亭」。嶽麓書院歷經千年歷史沿革，如今屬於湖南大學的一個學院，是中國古代書院至今唯一仍在招生辦學的書院，繼續在文、史、哲學方面為後代培育人才。

蘇東坡被貶黃州寫下《寒食帖》

　　蘇軾，字子瞻，號東坡居士，北宋著名文學家，唐宋八大家之一。宋神宗元豐二年（公元 1079 年）蘇軾調任湖州知州，上表謝恩，當時朝廷正值黨爭，蘇軾被新黨指控詩文帶有諷刺朝廷不敬之語，後被御史臺（因其上植有柏樹，烏鴉終年棲息，故又稱烏臺）逮捕下獄，這就是北宋著名的「烏臺詩案」，此案蘇軾逃過一死，但被貶黃州（今湖北黃岡）。蘇軾被貶黃州的第三年，當時寒食節正值春雨綿綿，屋前海棠花開卻被淫雨摧落成泥，而小屋四周水漲如潮，孤零零的小屋宛若汪洋之舟，落魄的居家環境，只能燒一些打濕的蘆葦，煮點蔬菜勉強充饑。蘇軾感嘆報國無門，而思念的故鄉又在萬里之遙，本來想學阮籍痛哭窮途，但心中落寞如死灰不能復燃。蘇軾於是在這樣的情境當下寫下《黃州寒食帖》，此書帖情真意切，思緒跌宕，一氣呵成，把詩人的處境和心中的蒼涼惆悵，表露無遺。此帖與王羲之的《蘭亭集序》、顏真卿的《祭侄文稿》，並稱為「天下三大行書」，歷經後世收藏，曾輾轉流落日本，後又復歸國門，現存于台北故宮博物院。

蘇東坡一葉扁舟夜遊赤壁作《赤壁賦》

　　蘇軾，北宋文學家，號東坡居士，唐宋八大家之一。宋神宗年間因「烏臺詩案」被貶謫黃州（今湖北黃岡）時，前後兩次遊赤壁（在黃州西北），寫下兩篇以赤壁為題之賦，後人稱第一篇為《赤壁賦》，第二篇為《後赤壁賦》。蘇軾被貶黃州之時，生活困頓閒散，在住處東坡種菜種花，東坡名號由此而來，他還教當地改良豬肉的烹調方法，後人稱「東坡肉」。一次秋天月夜，蘇軾與友人同遊，泛舟飲酒於赤壁江上，當時月出東山，白露橫江，他們駕著一葉扁舟，御風而行，好像要飛天進入仙境。他們喝酒吟詩，敲著船沿高興地歌誦明月，跟著節奏有位客人吹起洞簫，聲音如怨如慕，如泣如訴，餘音迴盪江面，不絕如縷。蘇軾臉色一變，問客人為何簫聲如此蒼涼，客人說：想起此地當年赤壁大戰，曹操手持長矛賦詩於江上，何等英雄氣概，而今安在？想到人生不過短暫須臾，而人渺小如滄海一粟，故只能以此簫聲寄情於悲涼秋風之中。蘇軾便說：你看這流水明月好像隨時都在變化，但你細想人與天地萬物都是一樣不變的，天地萬物各有所主，並非人所擁有，我們能無盡擁有和感受欣賞的，只有江上的清風和山間的明月而已。客人聽完轉喜而笑，於是大家又斟酒乾杯，不知不覺天已快要破曉。此篇名賦是蘇東坡的經典之作，裡面有眾多成語如「清風徐來，水波不興」、「遺世獨立，羽化登仙」、「餘音裊裊，不絕如縷」、「舳艫千里，旌旗蔽空」等等，至今大眾仍是耳熟能詳，朗朗上口。

宋

黃庭堅錘鍊「句中眼」成為江西詩派開山鼻祖

　　黃庭堅，江南西路洪州府（今江西九江）人，號山谷道人，世稱黃山谷，北宋著名的詩人、書法家。他和張耒、晁補之、秦觀都曾遊學受教於蘇軾門下，合稱「蘇門四學士」，其書法獨樹一格，與蘇軾、米芾、蔡襄齊名，合稱「宋四家」，在文學方面與蘇軾齊名，時稱「蘇黃」。黃庭堅出生於詩書世家，其家族祖輩已經超過二十人中過進士，他出生後抓周即手握毛筆不放，家人認定必有文才，年幼聰穎過人，七歲便能作詩，宋英宗年間考中進士，年僅二十三歲。黃庭堅一生為官清廉，不愛錢財，官做得不大，但為人正直，蘇軾因「烏臺詩案」下獄，他力挺蘇軾也數次被貶輾轉巴蜀，但他意志堅強，淡泊名利，不斷寫詩作詞，勤練書法，並開辦私塾，授課講學，受到巴蜀學子的仰慕和敬重。黃庭堅的詩以唐代杜甫為宗，提出「點鐵成金，奪胎換骨」的詩學理論，講求詩的結構曲折變化，並注重詩中關鍵字詞「句中眼」即後人所稱「詩眼」的錘鍊，此種詩風使他成為江西詩派的開山鼻祖，代表作有《寄黃幾復》、《牧童詩》、《登快閣》、《清平樂·春歸何處》等，其名句「桃李春風一杯酒，江湖夜雨十年燈。」至今仍是經典詩眼。書法方面，他推崇王羲之的《蘭亭集序》，又受到顏真卿和蘇軾書法的影響，然不斷精進，自成一家，代表作有《松風閣帖》、《諸上座帖》、《砥柱銘卷》等。

秦觀的愛情千古絕唱《鵲橋仙》

　　秦觀，字少游，揚州高郵（今江蘇高郵）人，進士出身，北宋著名詞人，與黃庭堅、晁補之、張耒拜師於蘇軾門下，合稱「蘇門四學士」。秦觀詞風婉約清麗，溫柔纏綿，擅寫男女之情，他的代表作為《鵲橋仙》：「纖雲弄巧，飛星傳恨，銀漢迢迢暗度。金風玉露一相逢，便勝卻人間無數。柔情似水，佳期如夢，忍顧鵲橋歸路。兩情若是長久時，又豈在朝朝暮暮。」秦觀曾多次被貶謫而宦遊南方各地，多情的詞人也遭遇男女之間感情的跌宕。這首詞是作者於湖南郴州七夕時節所作，以牛郎織女的悲歡離合故事為背景，用來表達對人間愛情的美好盼望，摯愛永恆，細水長流，讀來令人柔情纏綿。秦觀的愛情詞已被後人奉為經典，而名句「兩情若是長久時，又豈在朝朝暮暮。」流傳至今更被世間男女當成愛情的永恆誓言，歷久彌堅。

宋

張擇端的《清明上河圖》描繪宋代京都繁華

　　《清明上河圖》是北宋畫家張擇端的成名作，這幅超過 5 米的長卷，描繪了北宋國都汴京（今河南開封）的城市景象以及各階層百姓的生活面貌。這幅畫作景象複雜，規模宏大，把清明時節，汴河兩岸的居家、商鋪、風景、人物、動物、植物等細節描繪得栩栩如生，充分反映北宋國都城市的繁華以及士農工商各行各業的生活實況。《清明上河圖》完成後，張擇端把它獻給藝術家皇帝宋徽宗趙佶，宋徽宗題字加印後把它收錄于翰林圖庫中。《清明上河圖》此種規模龐大的畫作，在歷史上堪稱創舉，因而明清兩朝皆有諸多摹本和仿本，如今兩岸故宮博物院皆有藏本。歷經時代更迭輾轉保存下來的《清明上河圖》如今是中國十大名畫之一，是中華文明瑰寶，在世界畫壇也赫赫有名。

宋徽宗創《瘦金體》辦國家畫院

　　宋徽宗趙佶是北宋的亡國之君，執政腐敗，治國無方，靖康之變，被金國擄去，囚禁受辱，慘死敵國。但宋徽宗趙佶堪稱是中國皇帝中的藝術家，他在書畫方面有天分而且有很高的成就，他創造了「宣和畫院」，以國家之力發展宮廷繪畫，收藏大量名家書畫，組織編撰了《宣和書譜》、《宣和畫譜》、《宣和博古圖》等書，並培養了像張擇端、王希孟、李唐等一批傑出畫家，張擇端著名的《清明上河圖》就是在這期間產生的。宋徽宗個人喜歡奇花異石和飛禽走獸，尤擅長花鳥工筆繪畫；在書法上，他學習黃庭堅和褚遂良等人的筆法，並獨樹一格開創了《瘦金體》，瘦金體書法，削瘦挺拔，健秀犀利，側筆如蘭竹，收尾金鋒銀鉤，相當有藝術性。現傳的宋徽宗花鳥工筆和瘦金體書法作品，仍是故宮博物院館藏的珍貴寶藏。

宋

蔡京德不配位慘遭「宋四大家」除名

　　北宋書法四大家「蘇黃米蔡」原指蘇軾、黃庭堅、米芾、蔡京，後來蔡京德不配位，慘遭除名，蔡京改由蔡襄取代。蔡京的書法和散文都寫得很好，尤其書法姿媚豪健，享有盛譽，朝野爭相學習，北宋年間冠絕一時，就連米芾也曾甘拜下風。蔡京進士及第，於北宋年間曾五度為相，在宦海浮沉之中，蔡京得勢後，玩弄權術，箝制天子，敗亂朝綱，勾結小人，罷黜忠良，至當時社會，民生塗炭，盜賊四起，最後北宋為金人亡國。《水滸傳》中之梁山好漢踞水泊與朝廷對抗，便是發生在蔡京主政期間。蔡京胡作非為，被列為宋徽宗時代「六賊之首」，欽宗即位後他被貶官流放嶺南，在趕赴儋州（今海南島）貶地途中，路過潭州（今湖南長沙），百姓憎恨其奸惡，不願賣東西給他，最後餓死路上。中國人在文學和藝術上的成就和作品，講究文人風骨，蔡京在書法上雖有才賦和美譽，但德性為百姓所恥，其作品遂為天下所棄。

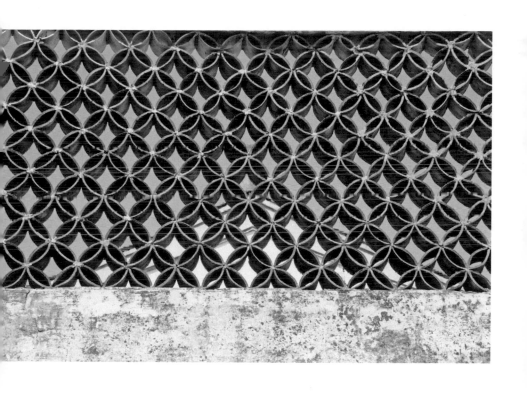

宋室南渡李唐成為南宋畫壇領袖

　　李唐，河南人，於北宋徽宗時代已是翰林畫院待詔，北宋為金國所滅之後，李唐一度淪為俘虜，後潛逃南方，曾淪落南宋首都臨安（今杭州）一帶，靠賣畫維生，後來被宋高宗重用，仍任職朝廷畫院待詔。宋室南渡之後，原朝廷畫院所收藏的畫作，許多皆已遺失；李唐之畫，山水、人物、走獸皆精，而以山水最佳，他首創大斧劈皴畫法，用毛筆的側鋒畫山，剛勁犀利，山勢雄偉如削，因此他的畫作被當成南宋的繪畫典範。之後畫家劉松年、馬遠、夏圭皆傳承其畫風，一時各領風騷，他們四人又合稱南宋畫院四大家，而李唐為畫壇領袖。李唐的代表作有《萬壑松風圖》、《清溪漁隱圖》、《采薇圖》等，劉松年的代表作有《四景山水圖》、《天女獻花圖》、《羅漢圖》等，馬遠的代表作有《踏歌圖》、《寒江獨釣圖》、《水圖》等，夏圭的代表作有《溪山清遠圖》、《雪堂客話圖》、《長江萬里圖》等。其中馬遠、夏圭雖師承李唐，但構圖多偏向特寫，有「馬一角」、「夏半邊」之稱，此種畫風對後代有一定程度的影響。

李清照樹立中國女性詞人的新高度

　　李清照，號易安居士，山東濟南人，宋代著名女詞人。自幼出生于官宦書香門第，天資聰慧，少年時便才華過人，負有詩名。她於宋徽宗時代嫁給趙明誠，趙明誠後來亦入朝為官，夫妻兩人，琴瑟和鳴，對書畫金石的鑑賞和收藏有共同的愛好。靖康之難，徽、欽二宗為金人擄走北上，北宋崩亡，李清照押運大量收藏的書畫金石南下避難，在兵荒馬亂的烽火歲月中，趙明誠亡故，而李清照輾轉多地至杭州時，大部分的書畫金石皆已丟失。李清照於顛沛流離中迫於生計又誤嫁張汝舟，但不久以離婚收場，後來李清照就專注投入詩詞的創作和趙明誠遺作《金石錄》的校堪出版，直到逝世。李清照雖是一介女流，但個性鮮明，且相當關注國事，南渡避難浙江金華時，對南宋朝廷的偏安消極作為頗有微詞，曾寫下著名的詩作《題八詠樓》直抒胸臆：「千古風流八詠樓，江山留與後人愁。水通南國三千里，氣壓江城十四州。」李清照的詞，婉約清麗，前期反映出生活美滿幸福的情景，後期表達了對國破家亡的無奈和哀愁以及自己孤獨的惆悵，著有《漱玉詞》詩集，她的詞在宋詞中獨樹一格，《醉花陰》、《如夢令》、《聲聲慢》等皆是名篇，被後世譽為千古第一才女。

宋

民族英雄岳飛的壯烈悲歌《滿江紅》

　　岳飛，相州湯陰（今河南湯陰縣）人，南宋抗金名將，被列為南宋中興四大名將之首。岳飛自幼學文習武，長大後更是文武雙全，除了領兵打仗，能詞精書法。岳飛生在戰亂邊患不斷的南宋，及長有中興大宋的志向，投筆從戎後母親更是在其背上刺上「盡忠報國」四個大字，讓他以茲自勉。岳飛神勇過人，領兵有方，連破敵方金國鐵騎，令金兵非常畏懼，金兵有「撼山易，撼岳家軍難」的慨嘆。宋高宗趙構因為政治利益和宰相秦檜合謀與金國議和，金國提出必除岳飛始能議和，岳飛最後被以「莫須有」的叛國罪名處死，死訊傳出，百姓為之哭泣，岳飛之後被平反，葬于杭州西湖邊的棲霞嶺。最能表現岳飛愛國情操的首推他自己寫的詞《滿江紅》：「怒髮沖冠，憑欄處，瀟瀟雨歇。抬望眼，仰天長嘯，壯懷激烈。三十功名塵與土，八千里路雲和月。莫等閒，白了少年頭，空悲切。靖康恥，猶未雪。臣子恨，何時滅。駕長車，踏破賀蘭山缺。壯志飢餐俘虜肉，笑談渴飲匈奴血。待從頭，收拾舊山河，朝天闕。」此詞慷慨悲壯，吟詠之間令人熱血沸騰，此篇被譽為民族氣節的詞作巔峰，至今傳頌不絕。

愛國詩人陸游和唐婉的愛情悲歌《釵頭鳳》

　　陸游，字務觀，號放翁，越州山陰（今浙江紹興）人，南宋文學家和愛國詩人。陸游生逢北宋滅亡之際，以進士出身步入官場，因為一生堅持抗金，受到主和派的排擠，仕途並不順利，但一直到死都還不忘其北伐復國職志。陸游在詩詞散文方面成就極高，其詩語風格兼具李白的豪放雄奇和杜甫的悲天憫人，同時飽含慷慨激昂的愛國情操，現存世之詩超過九千首，創作非常豐富。陸游另一轟動文壇的逸事是沈園牆上題詩《釵頭鳳》，陸游初娶妻表妹唐婉，兩人恩愛異常，但陸母卻擔憂陸游眷戀兒女私情而不思功名追求，故迫兩人離婚，之後兩人又各自成家和改嫁，陸游於十餘年後遊沈園時偶遇唐婉，心中感傷無限，在牆上題詩《釵頭鳳》：「紅酥手，黃藤酒，滿城春色宮牆柳。東風惡，歡情薄。一懷愁緒，幾年離索，錯、錯、錯！春如舊，人空瘦，淚痕紅浥鮫綃透。桃花落，閒池閣。山盟雖在，錦書難托，莫、莫、莫！」表達心中的情懷和遺憾；唐婉讀後也依律賦詩一首《釵頭鳳》：「世情薄，人情惡，雨送黃昏花易落。曉風乾，淚痕殘。欲箋心事，獨語斜欄，難、難、難！人成各，今非昨，病魂常似鞦韆索。角聲寒，夜闌珊。怕人尋問，咽淚裝歡，瞞、瞞、瞞！」回應多年來的感慨和無奈，此詩遂成為陸游愛情詩篇的代表作。

217

宋

范成大隱居石湖寫《四時田園雜興六十首》

范成大，號石湖居士，平江府吳縣（今江蘇省蘇州市）人，南宋著名的詩人，與楊萬里、陸游、尤袤合稱南宋「四大中興詩人」。他年少聰慧，遍讀經史，於宋高宗年間進士及第，官任禮部員外郎，後來受皇帝之命，出使金國，向金國索求北宋諸帝陵寢之地，並爭求改定受書之儀。出使金國途中，他寫下七十二首紀行詩，描述淪陷區山河破碎的景象和表達自己誓死報國的情懷，最後終不辱使命而還。范成大作詩先學江西詩派，後又學中、晚唐詩，繼承白居易等人的新樂府現實主義詩風，其風格平易淺顯，質樸清新，諸多作品反映農村社會的生活情景。范成大外調巴蜀期間與陸游以文會友，結成莫逆之交，晚年他隱居蘇州石湖長達十年，期間他寫下了名作《四時田園雜興六十首》，充分反映了江南田園生活勞作的四季情景，其風格可謂繼東晉陶淵明和唐代孟浩然之後，集「田園詩」之大成。范成大的詩作高達 1900 多首，代表作有《夏日田園雜興・其一》，《夏日田園雜興・其七》，《喜晴》，《橫塘》等。

宋

南宋詞人辛棄疾文武雙全起義抗金

辛棄疾，字幼安，號稼軒居士，山東濟南人，南宋著名愛國詞人，詞豪放又柔媚，與蘇軾合稱「蘇辛」，與李清照（號易安居士）並稱「濟南二安」。辛棄疾生於金國（當時北宋已被金國併吞），青年時參加起義軍抗金，擒殺叛徒張安國，回歸南宋，入朝為官。

辛棄疾一生以抗金北伐為職志，但受到朝廷主和派的排擠，仕途幾度起落跌宕，壯志未酬，最後退隱山林，只能「醉裡挑燈看劍，夢回吹角連營。」晚年惆悵，抱憾而終。辛棄疾文能作詞，武能殺敵，但時運不濟，無法盡展抱負，卻把滿腔報國的熱血和對祖國山河的熱愛都吟詠在其詞作之中。辛詞現存世六百多首，其中《鷓鴣天》、《西江月》、《破陣子》、《永遇樂》、《丑奴兒》等皆是名篇；而其名詩《青玉案‧元夕》：「東風夜放花千樹，更吹落，星如雨。寶馬雕車香滿路。鳳簫聲動，玉壺光轉，一夜魚龍舞。蛾兒雪柳黃金縷，笑語盈盈暗香去。眾裡尋他千百度，驀然回首，那人卻在，燈火闌珊處。」更是家喻戶曉，為人稱頌。

221

宋

文天祥成仁取義寫《過零丁洋》和《正氣歌》

　　文天祥，吉州廬陵（今江西吉安市）人，進士及第，狀元出身，南宋抗元名臣，與陸秀夫、張世傑合稱宋末三傑。宋末兵荒馬亂，元軍南下，文天祥聚兵抵抗，且戰且走，一直戰到潮陽（今廣東汕頭市），兵敗被俘，囚禁於零丁洋（今廣東珠江口）的戰船中，元軍逼降，文天祥不從，創作了著名的一首詩《過零丁洋》：「辛苦遭逢起一經，干戈寥落四周星。山河破碎風飄絮，身世沉浮雨打萍。惶恐灘頭說惶恐，零丁洋裡嘆零丁。人生自古誰無死？留取丹心照汗青。」之後文天祥被押解北上，囚於大都（今北京），被俘三年，經脅迫利誘終不肯降，於獄中寫下著名的《正氣歌》誓死明志，其中名句「時窮節乃見，一一垂丹青」、「是氣所磅礡，凜烈萬古存」、「風檐展書讀，古道照顏色」讀來鏗鏘有力，擲地有聲。元軍統帥忽必烈愛其才曾不忍殺之，但文天祥寧死不屈，終於成仁取義，向南方跪拜後，從容就義；而此文也成為我華夏民族氣節的經典之作。

222

元

趙孟頫書畫高超被譽為元人冠冕

　　趙孟頫，字子昂，號松雪道人，吳興（今浙江湖州）人，宋太祖趙匡胤十一世孫，宋末元初時期，著名的書畫家，受元代世祖、武宗、英宗、仁宗四朝禮敬，曾官至翰林學士承旨、榮祿大夫。他能詩善文，擅長書法、繪畫；書法方面尤以楷書、行書著稱於世，他的楷書秀逸圓潤，風格獨特，人稱「趙體」，和另外三位唐代著名的書法家歐陽詢（歐體）、顏真卿（顏體）、柳公權（柳體）並稱「楷書四大家」，其傳世著名書法真跡有《洛神賦》、《道德經》、《膽巴碑》等。繪畫方面，他力主變革南宋宮廷院體濃豔靡麗的格調，傳承古意，融合唐朝、北宋文人雅致雄秀的精髓，開創了元代新畫風，被稱為「元人冠冕」；日後元代著名畫家王蒙、黃公望、倪瓚等人也都受其畫風影響，他善畫馬，傳世名畫真跡有《浴馬圖》、《秋郊飲馬圖》、《鵲華秋色圖》、《重江疊嶂圖》等。趙孟頫精工書法，其夫人、兒子也書法了得，被元仁宗稱讚：「我元朝有一家夫婦父子皆善書法，真乃奇蹟啊！」

黃公望畫巨幅長卷《富春山居圖》

　　黃公望，元代山水畫的文壇領軍人物，與倪瓚、吳鎮、王蒙並稱元四家，是元四家之首。師承宋末名家趙孟頫，繪畫強調自然寫意，水墨淺絳並用，畫風清遠高曠，雄奇秀雅，代表作《富春山居圖》對後世明清畫風影響深遠。黃公望，江蘇常熟虞山人，曾任職浙西書吏，不久辭官隱退，五、六十歲期間，常浪跡常熟虞山一帶，觀察林野晨光暮色。後來隱居浙江富春江大嶺山，常背著畫具筆墨，流連忘返於山水之間，歷經四時寒暑，每遇美景當場臨摹揮毫，總長約七米的《富春山居圖》長卷，就是在此歷時約七年完成。《富春山居圖》最初由黃公望贈與全真教同門師弟無用師收藏，經歷後代輾轉易手，不幸於清朝被焚畫殉葬燒成兩段，後人分別名為《剩山圖》和《無用師卷》。大師畫作歷經歷史滄桑，如今分藏海峽兩岸，前半卷《剩山圖》現藏于浙江博物館，而後半卷《無用師卷》現藏于臺北故宮博物院。2011年《剩山圖》和《無用師卷》曾於台北故宮博物院舉辦海峽兩岸《富春山居圖》合璧聯展，轟動海內外，成為穿越中國歷史的畫壇佳話。

關漢卿的戲劇成就元曲的新標竿

　　中國的詩歌傳到元朝後產生了新的變化，元曲就是繼唐詩宋詞之後的一種新型式詩歌；元曲有兩種，一為戲曲，一為散曲。元朝時期民間對於戲劇的創作非常活躍，戲劇表演根據情節需要唱的曲稱戲曲或劇曲，而只用來清唱朗誦的稱散曲，散曲中單獨一段唱詞的稱「小令」，多段唱詞組合的稱「套曲」。元朝是由邊疆遊牧民族入主中原，元取代宋，其原有的胡樂曲調，淒緊緩急，變化迅速，與漢族既有的宋詞詞牌已不能合拍，必須重新創作新的詩體（詞牌），元曲因應而生。元朝諸多戲曲創作中，關漢卿、馬致遠、白朴、鄭光祖被稱為元曲四大家，而以關漢卿為首，他創作的雜劇高達 67 部，其中《竇娥冤》、《救風塵》、《望江亭》等皆是其名劇，有「曲聖」之美譽。關漢卿的雜劇和元曲在那個戰亂年代，能勇於反映官僚腐敗下民生的苦難與士子的無奈，具有時代意義和很高的藝術價值；就像他在散曲《一枝花・不伏老》中的唱詞一樣：「我就是個蒸不爛、煮不熟、搥不扁、炒不爆，響噹噹一粒銅豌豆。」

馬致遠曲中有畫堪稱散曲第一人

　　元曲（包含雜劇和散曲）四大家中，雖以關漢卿為首，但關漢卿以雜劇見長，而馬致遠以散曲取勝。忽必烈入主中原稱帝，元朝立而南宋亡，元朝統治下分四等人，蒙古人、色目人（被蒙古人征服的中亞、西亞諸國人）、漢人（原金國統治下漢人）、南人（南宋漢人），其中南宋漢人地位最低下，而之後又長達 37 年科舉制度被廢。原南宋漢人中飽讀詩書、滿腹經綸，通曉禮樂的文人士子，不但報國無門，更是沒有出路，這些人前途渺茫，失意潦倒，轉入酒肆娛樂場所，縱酒消愁，而一部分人投入了當時受歡迎的雜劇和散曲的創作。在這一背景下元曲變成了新時代的流行歌劇或歌曲，一時間雜劇和散曲名家輩出，馬致遠便是其中之一。馬致遠，號東籬，元代大都（今北京）人，出身富有而有文化的家庭，他創作的雜劇和散曲，以散曲最有名，其代表作《天淨沙·秋思》：「枯藤老樹昏鴉，小橋流水人家，古道西風瘦馬。夕陽西下，斷腸人在天涯。」這首散曲中的小令（另一種是套曲），精煉典雅，具有很高的藝術性和畫面感，家喻戶曉，被評為曲中有畫，散曲第一。

王實甫歌頌愛情自由衝破禮教束縛作戲劇《西廂記》

　　《西廂記》取材自唐代元稹所著的傳奇小說《鶯鶯傳》，但它又以金代董解元的《西廂記諸宮調》為藍本而加以改編，是元代著名雜劇家王實甫最具代表性的古典戲劇作品，與《牡丹亭》、《長生殿》、《桃花扇》並稱為中國古代四大名劇。戲劇情節是：「唐德宗年間書生張珙，在普救寺巧遇已故崔相國的千金崔鶯鶯，當時鶯鶯與母親崔夫人移靈停柩于該寺，而此時叛將孫飛虎正包圍普救寺欲強索鶯鶯為妻，崔母於是當眾許願，願把女兒許配給能退敵者。張生於是寫信給朋友白馬將軍杜確發兵解圍，事後崔母反悔賴婚，互有情意的鶯鶯和張生於是焦慮難耐。張生因相思而病，鶯鶯愁苦之餘，幸賴貼身侍婢紅娘暗中通信，鶯鶯衝破傳統禮教，兩人得以在寺裡的西廂房相會，互訴情衷。經過幾番折騰，崔母表面同意婚事，但以門第不對為由，要張生赴京考取功名，才能完婚，兩人無奈被迫分離。張生後來終於考中狀元，但謠言說張生已在京城另娶，崔母於是毀婚要鶯鶯另嫁鄭恆，幾經波折，張生回來，夫妻完婚團圓。」《西廂記》這個戲劇因為歌頌愛情自由，反叛儒家禮教束縛，當時甫一推出就受到很多讀者和觀眾的青睞，如今以各種譯本、戲曲、影視的形式在世界各地傳播和演出，仍很受歡迎，歷久不衰。

元好問深情葬雁寫下著名的《雁丘詞》

　　元好問，太原秀容（今山西忻州）人，金朝末年進士，在宋金南北對峙的期間，他是北方文壇領袖，詩、文、詞、曲皆擅長，也是金元之際在文學上承前啟後的橋樑，被尊為北方文雄。他七歲能詩，被譽為神童，十六歲那年赴并州（今山西太原）參加府試，途中聽一位捕雁的人說，有一對比翼雙飛的大雁，一隻被捕殺後，另一隻脫網者悲鳴不已，不飛逃反而撲地而死。年輕的元好問聽完非常感動，便買下這對大雁，在汾水（今山西中部）之濱壘石為識，把雙雁合葬名為「雁丘」，並寫下《雁丘》詞一闋，後來他又根據《摸魚兒》這個詞牌把原文稍加修改，留下這個感人肺腑的作品《摸魚兒・雁丘詞》，其中開頭便是名句「問世間情是何物？直教生死相許。」在元好問看來，這一對大雁，如天南地北雙飛客，比世間癡情兒女更加深情，當至愛已死，形單影隻飛越千山萬里，又有何意義呢？這首詞透過詩人之筆成為中國流傳千古的經典殉情記。

234

倪瓚畫作清高孤傲成為明朝江南雅俗分野

　　倪瓚，號雲林子，江蘇無錫人，元末明初著名畫家、詩人。他的祖父是大地主，曾富甲一方，家境富裕，小時候接受良好教育，學習詩文書畫，長大後無心仕途，淡泊功名，所結交朋友都為詩人、畫家、道士、僧人、隱士之流。由於個性清高孤傲，不屑與權貴和粗俗之人打交道，明朝建立之初，朱元璋曾召他入京供職，但他堅持不任，一生不曾為官。繪畫方面，擅長山水和墨竹，師法董源，受趙孟頫影響，早年畫風清潤，長年信佛與僧人交往，後期又經常遊歷於太湖周邊山水，畫風變成平遠幽靜，淡泊蕭疏，筆法簡易秀逸，帶有禪意。倪瓚傳世佳作不少，《容膝齋圖》、《六君子圖》、《漁莊秋霽圖》、《山澗寒松圖》、《墨竹圖》等皆其名畫，明代江南人士甚至以有無收藏其畫作來分雅俗，在繪畫上的成就，與黃公望、王蒙、吳鎮合稱元四家。倪瓚性情孤高，杜絕不雅，對居住環境和生活飲食要求特別乾淨，似有潔癖，常惹事上身，許多民間軼事都和此有關，更有甚者，傳聞他最後被朱元璋命人扔進糞坑淹死，但無從考證。

施耐庵躲避戰亂隱居興化寫《水滸傳》

施耐庵江蘇泰州人，生於元末戰亂年代，曾中進士在杭州為官三年，因不滿官場黑暗，棄官回鄉，後來效力於張士誠的反元起義軍帳下，和《三國演義》作者羅貫中一樣，皆因與當局理念不合求去，張士誠兵敗滅亡之後，施耐庵浪跡山東、河南等地，後來回故里興化白駒鎮隱居不出，創作《水滸傳》小說，不久病逝。《水滸傳》是敘述北宋末年，朝廷腐敗之下，以宋江為首的一百零八條好漢聚義於山東水泊梁山，後被朝廷招安又四處征戰的故事。羅貫中是施耐庵的徒弟，《水滸傳》和《三國演義》都是章回體長篇小說，也有人認為《水滸傳》的創作，羅貫中也有參與其中，至今沒有定論。《水滸傳》小說的內容雖是定位在北宋年間，但作者身處元末明初亂世，有的現代學者認為作者的手法其實就是以古諷今，是在批判當時的朝政。

羅貫中棄商從文完成名著《三國演義》

　　羅貫中生於元末動盪的社會，青年時期本為絲綢商人的父親曾帶他到蘇州、杭州一帶學習經商，但他本人對經商不感興趣，他有自己的政治理想和抱負。及長，他曾效力於反元起義軍張士誠的帳下，後因理念不合求去，明朝建立之後，他專心致力於文學創作，著有多部歷史戰亂題材小說。《三國演義》是中國第一部長篇章回小說，而他即是此種小說創作的鼻祖；故事主要是敘述東漢末年黃巾起義，天下大亂，群雄割據之下，魏蜀吳三國之間的軍事和政治鬥爭，小說中每個章回故事完整獨立但又上下連貫，作者除了鋪陳天下局勢的變動，對於其中的諸侯、文臣、武將、謀士、英雄、美人等各個人物的性格描寫相當生動，如今讀來仍然感覺栩栩如生。《三國演義》也是中國四大名著之一，不但家喻戶曉，老少皆知，應用在戲劇和電影的演出更是歷久不衰。

世界百科全書的鼻祖明代《永樂大典》

　　《永樂大典》是明成祖朱棣於永樂朝，剛登基的第一年即命謝縉和姚廣孝主持編撰的一部集中國古代典籍於大成的圖書。這部書非常龐大，全書高達兩萬多卷（超過一萬冊）前後修訂兩次，總共動用約3000人，歷時五年才完成。《永樂大典》內容包括經、史、子、集、天文地理、陰陽醫術、戲曲、工藝、農藝等，涵蓋了中華民族歷代累積的智慧結晶；後來被英國《大不列顛》百科全書評為全世界有史以來規模最大的百科全書。因為耗費人力資金繁鉅，《永樂大典》最初只抄錄一部正本，嘉靖年間又抄錄一部副本，除此兩部保存于皇宮以外，沒有刊印流傳民間。《永樂大典》正本後來去向成謎，歷史記載已不可考，有人推測可能殉葬於明世宗嘉靖的永陵之中，而改朝換代至清朝時《永樂大典》的副本已有一部分遺失。至滿清末期，朝廷腐敗，內憂外患，道光年間《永樂大典》副本被官吏監守自盜一部分，最要命的是咸豐年間英法聯軍和光緒年間八國聯軍，相繼入侵，《永樂大典》副本被焚毀或掠奪，至今流散世界各地僅剩四百餘冊，一部曠世巨著，就這樣被摧毀肢解，令人不勝噓唏。

唐伯虎官場失利成一代詩畫名家

　　唐寅，字伯虎，小字子畏，江蘇吳縣（今蘇州）人，明代著名詩畫家，才情洋溢，書法、繪畫、詩文皆精通，有江南第一才子的美稱。在繪畫上和沈周、文徵明、仇英合稱「明四家」，在詩文方面又和祝允明、文徵明、徐禎卿並稱「吳中四才子」。唐伯虎，年輕即有詩文書畫方面的天賦，在蘇州府鄉試和應天府鄉試中都以第一名上榜，前途被朝中前輩看好。明孝宗弘治十二年（公元 1499 年）赴京參加科舉會試，因捲入徐經科場舞弊案，被下罪入獄，後貶為小吏，唐伯虎深以為恥，拒絕就職。唐伯虎受考試弊案打擊後，意志消沉，縱酒江湖，浪跡于閩、浙、贛、湘一帶。回到蘇州後，埋首於詩畫酒色，靠賣詩文書畫維生，後自建別業「桃花庵」，自號「桃花庵主」。唐伯虎能書詩，善繪畫，融歷代書畫名家之法自成一格，山水、花鳥、人物皆有精品。其書法峻峭秀雅，其繪畫山水清秀俊逸、花鳥體態優美、人物神韻生動，屬於全能型的文人風格，現存世畫作，台北和北京兩故宮博物院皆有收藏。

明

楊慎的《臨江仙》替三國演義做了最佳開篇

　　大漢帝國於東漢滅亡之後，中國進入歷史上分裂最久的局面，而魏、蜀、吳三國開啟了此一分裂帝國的爭霸，這期間王侯將相、文臣謀士、英雄美人，各展身手，此起彼落，交織成一個慷慨悲壯的年代，明代羅貫中的《三國演義》正是寫下這盪氣迴腸時代的璀璨篇章。狀元詩人楊慎是明武宗年間著名的文學家，與解縉、徐渭並稱明朝三大才子，他的著作非常豐富多產，其中文、詞、賦、散曲、雜劇、彈詞等皆有涉獵，現存的詩作高達約 2300 首，著述之富為明朝第一。而羅貫中在《三國演義》中以一首楊慎的詞《臨江仙》做為開篇，堪稱是對一個時代英雄亂世的總結：「滾滾長江東逝水，浪花淘盡英雄。是非成敗轉頭空，青山依舊在，幾度夕陽紅。白髮漁樵江渚上，慣看秋月春風。一壺濁酒喜相逢，古今多少事，都付笑談中。」這首詞本是楊慎被貶官雲南永昌三十幾年期間的作品，用來做為其《二十一史彈詞》第三段《說秦漢》的開篇，後來被羅貫中引用，變成《三國演義》永恆的形象標誌。

軍事哲學家王守仁文武兼備創陽明心學

　　王守仁，號陽明，浙江余姚人，明朝著名的哲學家、軍事家。五歲時候還不會說話，但少有志向，之後讀書時他曾和書塾先生對話，說天下最要緊的是讀書做一個聖賢之人。明孝宗年間，他進士及第，被授與兵部武選司主事，因得罪當權宦官劉瑾，被貶為貴州龍場驛丞，在此他讀書領悟了「聖人之道，吾性自足，不假外求。」這就是歷史有名的「龍場悟道」；隨後被召回南京述職，曾帶兵蕩平江西一帶作亂數十年的盜匪。明武宗年間，寧王朱宸濠叛亂，王陽明奉命平亂，當時他就以自己領悟的哲學思想「此心不動，隨機而動。」在兵員不足的劣勢下，以寡擊眾，一舉平定叛軍。明世宗時他官至南京兵部尚書，而後在浙江紹興創建陽明書院，和他的弟子一起開課講學，開始傳播陽明哲學中心思想：「無善無惡心之體，有善有惡意之動。知善知惡是良知，為善去惡是格物。」晚年他兼任兩廣總督時又平定了湖北、廣西一帶的叛亂，有些匪盜集團一聽到由他領軍，嚇得乾脆投降。綜觀王陽明的一生，除了帶兵平亂，攻無不克，軍功顯赫，最大的成就是融合儒釋道三家學說，創建「陽明學派」哲學思想和對後世的啟蒙貢獻，被譽為五百年來第一聖人。王陽明反對一昧地遵從孔孟儒家思想一成不變的教條，他提出「致良知」的哲學命題和「知行合一」的實踐方法。他認為真理就存在每個人的心中，不用去向外求，而是要用良知不斷審視自己的行為並時時磨礪自己的內心，這樣自然內心清明如鏡，不會被外界蒙蔽，不會被自我的意念綁架，因此「心即理」，這就是日後影響海內外深遠的「陽明心學」。

明

吳承恩官場失意回鄉歸隱寫《西遊記》

　　吳承恩，明朝安東（今江蘇淮安）人，少負文名，精於繪畫、書法、填詞，喜歡搜求奇聞和閱讀神鬼狐仙之類的小說和野史。明世宗嘉靖年間，幾度科舉求取功名失敗，直到中年之後才當上一名縣丞小官，後因官場失意，回鄉歸隱，開始其《西遊記》的創作，小說完成之後，吳承恩以詩酒自娛終老。《西遊記》是敘述孫悟空助其師父唐三藏到西天取經的故事，途中遭遇許多妖魔鬼怪和艱難險阻，最後終於在西天見到如來佛祖，完成取經大業。故事中描述的神怪和打鬥情境充滿各種魔幻和想像，非常精彩有趣。而小說中各個人物的性格和特徵，又都能折射現實社會云云眾生的本性。《西遊記》出版之後，不但小孩喜歡，連大人也為之風靡，是中國神怪類小說的經典之作，從明朝流傳至今，被搬上舞台和銀幕不計其數，就連運用現代科技的動漫依然轟動海內外。

本尊成謎的蘭陵笑笑生寫作名著《金瓶梅》

　　《金瓶梅》與《三國演義》、《水滸傳》、《西遊記》並稱為明代四大奇書，並被評為明代四大奇書之首，其成書大約在明萬曆年間，作者蘭陵笑笑生，是明代文人的化名，真實身分至今成謎。《金瓶梅》是我國第一部世間言情章回體長篇小說，它的題材是由《水滸傳》中「武松殺嫂」的一段情節演化而來。全書是構築在宋徽宗年代的歷史背景下，以土豪惡霸西門慶家族為中心，描述當時上至封建統治階級，下到市井無賴，腐敗官商勾結下，民間生活的起落興衰以及社會黑暗的百態。作者其實想表達的是明朝當時朝廷官僚腐敗統治下的社會和人性，但礙於現實只能化名並且採用以古諷今的影射手法，在《金瓶梅》以前的小說，皆是採用直線式的故事情節描述，而且以歷史故事居多，但《金瓶梅》是以一個家族為中心，詳細描述其中人物的恩怨情仇和複雜關係，並且隨著故事情節的發展，以這個中心同時輻射到其他家庭、社會、官府、朝廷，內容複雜但發展順暢有序，這是中國小說在結構上和藝術上的重大突破，另外在語言學上，它放入許多白話和地方俚語，讓小說情境更加生動，這也是一大創新。《金瓶梅》因為在人性情慾的描寫上太過露骨，以至明朝之後曾一度被列為禁書，但它在小說文學藝術上的成就卻無可抹煞，後來清朝曹雪芹的《紅樓夢》以及民國時期張愛玲的一系列小說，都受到《金瓶梅》很大的影響，可以說《金瓶梅》就是中國言情小說的鼻祖。

徐渭文釆全能開創潑墨大寫意新畫風

　　徐渭，字文長，號青藤道士，紹興府山陰（今浙江紹興）人，明朝著名的書畫家、戲曲家、軍事家，與解縉、楊慎並稱明朝三大才子。徐渭身世坎坷，但自幼才思敏捷，九歲能作文，被當地譽為神童，但科舉之路不順，最佳成績只中秀才，此後數年只能靠教私塾餬口。明世宗嘉靖年間，倭寇猖獗，徐渭受邀浙閩總督胡宗憲，入幕劃策，平剿倭寇，順利擒獲徐海、汪直等海盜首領。日後嚴嵩被免職，胡宗憲被彈劾，徐渭也被牽連迫害，曾九次自裁不成，精神受到極大的打擊，晚年貧困潦倒，死的時候只有一隻老狗相伴。即便徐渭一生跌宕失意，但這無礙于他在書、畫、詩、文、戲曲等方面的傑出成就。他的書法以狂草氣勢磅礡見稱，個人風格非常明顯；繪畫方面他勇於創新，在花鳥畫作上，得力於高深的書法造詣，他把水墨的層次發揮到淋漓盡致，在宣紙上運筆行雲流水，開創了潑墨寫意的新境界。徐渭的書畫風格，豪放飄逸，有著非常濃烈的感情色彩，尤其大寫意的畫風獨樹一格，對清代畫家八大山人、石濤、揚州八怪、鄭板橋以及近現代畫家吳昌碩、齊白石等影響深遠。

宋應星的《天工開物》開創古代科技里程碑

　　宋應星，明代著名科學家，江西南昌人，明神宗萬曆年間舉人出身，於崇禎年間任江西分宜教諭，在任內完成《天工開物》的著作。《天工開物》是中國古代一部科學技術領域的百科全書，也是世界上第一部農業和手工業結合的綜合性著作。《天工開物》一書涵蓋的範圍相當廣，舉凡糧食栽培、穀物加工、糖油鹽之製造、布料染色加工、磚瓦陶瓷之製造、金屬的冶鑄錘鍛、舟車之製造、兵器製造、造紙、製蠟、農業和紡織機械的製造等等，均有記載，而且圖文並茂。《天工開物》一書出版於17世紀的明朝末年，立刻引起學術界的轟動，隨後于17~20世紀之間，先後流傳至日本、朝鮮、法、英、德、意、俄、美諸國。《天工開物》一書中在有關動植物雜交培育良種、黃銅合金的製造、生鐵熟鐵的冶煉、紡織花布機、水力舂米機、活塞鼓風機、頓鑽打井技術、鹽井汲滷機械等等，這些結合熱學、力學和物理學於一體的生產技術設備，在當時都是領先世界，這在18世紀歐洲工業革命之前，是技術超前的。但明朝滅亡，滿清入關之後，此書竟被列為禁書，在清朝兩百多年的統治期間，基本上銷聲匿跡，只是偶爾被其他書籍引用。清朝滅亡之後，中國還得從日本引進此書，實在令人感嘆。《天工開物》被外國學者譽為中國十七世紀的工藝百科全書，不但開創中國古代科學技術的里程碑，也見證了中國近代歷史的興衰。

256

257

湯顯祖創戲曲名劇《牡丹亭》

　　湯顯祖，明代江西臨川人，是中國著名的戲曲家和文學家。湯顯祖，出身書香門第，精通古文詩詞，明神宗萬曆年間，進士及第。他的成就以戲曲創作最為出色，他的戲曲中《還魂記》、《紫釵記》、《南柯記》、《邯鄲記》合稱「臨川四夢」，而《還魂記》後世也稱《牡丹亭》是其代表作。湯顯祖年輕即頗富才學，但因藐視權貴，不與腐敗的官場集團同流合污，仕途坎坷，貶官流離。湯顯祖一生堅持文人風骨，即便前途發展受挫，清貧守節，晚年辭官，他的朋友曾勸他去徽商聚集，繁華鼎盛的徽州（今安徽黃山市歙縣）發展，湯顯祖也不為所動，留下「一生痴絕處，無夢到徽州」的名句。湯顯祖的《牡丹亭》是一齣反抗封建禮教的生死愛情戲曲，這個創作在當時社會實屬難得，對後代亦影響深遠，在中國傳唱至今四百年不墜，是舞台戲劇最受青睞的曲目之一，常被拿來和英國莎士比亞的《羅密歐與朱麗葉》歌劇，互相媲美。

徐霞客萬里跋涉成就旅遊作家第一人

　　徐霞客，明代江蘇江陰人，是中國古代最著名的旅行探險家、地理學家和文學家。徐霞客出生于富庶書香之家，自幼好學，博覽群籍，對地經圖志類書尤感興趣，漸長之後，志在四方但無意於功名，父親則鼓勵他做個有學問的人。十九歲喪父之後，本有意遠遊探訪各地名山大川，但擔心母親無人侍奉而作罷，通情達理的母親洞悉兒子的心思，便鼓勵徐霞客遠遊去見識外面，開拓視野。徐霞客從二十二歲開始出遊，跋山涉水，一直到五十四歲，足跡遍佈中國南北各大山川地域，起初遊記寫得不多，但後半段每到一處必寫遊記，對於山川風貌、地理結構、民俗風情，都一一深入探尋，詳細記載。在長達三十餘年的旅行探險中共完成 260 多萬字的《徐霞客遊記》一出版便轟動朝野，可惜後來隨歷史輾轉，遺失 200 多萬字，現只剩 60 多萬字。關於論證金沙江是長江的源頭以及對石灰岩溶洞的探祕，他是千古第一人，黃山更因為徐霞客的評價而聞名遐邇，有「五嶽歸來不看山，黃山歸來不看嶽」的美譽。由於徐霞客的傑出貢獻，如今他的故居江陰馬鎮改名為徐霞客鎮，而《徐霞客遊記》的開篇日 5 月 19 日被定為中國旅遊日。

朱耷作畫以睥睨的眼神來回應世界

　　八大山人，原名朱耷，明末清初著名的僧人畫家。朱耷是明太祖朱元璋的兒子寧獻王朱權的九世孫，自幼生長在一個貴族詩畫世家，八歲開始便能書善畫，但十九歲時，李自成攻破北京，清兵入關，明朝滅亡，家族顛覆，他避難山野，隱姓埋名，化身僧人，以求存活。在往後的歲月裡，朱耷經常作畫寫詩，用來抒發對明朝故國的懷念以及對清朝當局的憤慨和不屑。他把自己的名字朱耷去掉牛耳，改為八大，意為執牛耳者權勢之失落，故自稱為八大山人，他作畫的署名也非常奇特，看起來像「哭之」又像「笑之」，大有暗示生逢巨變，百般無奈，哭笑不得之窘境。八大山人的畫作，主題突出，構圖簡單，用墨甚少，留白甚多，他自言自己的畫筆墨不多，淚點多，雖然有時只是寥寥數筆，但用心良苦。他擅長花鳥畫，但這些畫中的鳥、魚、鴨，雁等動物，其表情怪異，常常翻白眼視人，有的甚至閉上眼睛，看上去彷彿憤世忌俗，帶著鄙視、憤慨、不屑的眼神睥睨這個世界。他的山水畫看上去像荒山野嶺，往往是帶著枯枝敗葉的殘山剩水，充滿了冷峻和孤寂。八大山人的畫作無疑在中國古代畫家裡面是最特別的，他把他的亡國遭遇和情感毫不妥協地表露在畫裡，終其一生，透過一雙雙白眼和一塊塊枯石來回應當時的世界。

洪昇的《長生殿》創作自白居易的《長恨歌》

　　《長生殿》是清康熙年間劇作家洪昇所創作的傳奇戲劇。戲劇是以白居易《長恨歌》所敘述的情節為基礎而加以改編的，全劇主要是描寫唐玄宗和楊貴妃的淒美愛情故事。唐玄宗天寶年間，皇帝李隆基因寵愛貴妃楊玉環至外戚楊國忠專權，而朝政荒廢腐敗，安祿山趁機叛變，引發天下大亂。李隆基和貴妃出逃京都，流亡蜀地避難，一行人行經馬嵬驛時，禁軍群起鼓動要嚴懲罪魁禍首，皇帝無奈只能在楊國忠被殺之後，賜楊貴妃自縊。這個歷史事件後來在唐朝詩人白居易遊歷馬嵬驛後有感而發，寫下著名的《長恨歌》，白居易作《長恨歌》時距離楊貴妃死於馬嵬驛整整過了 50 年，而且歷經五位皇帝改朝，事發當年大家對楊貴妃和唐玄宗的定調是紅顏禍水至禍國殃民，但白居易的《長恨歌》顯然帶著同情心和藝術手法把他們之間的故事給美化了，從此這個歷史事件在民間的負面印象慢慢轉變成包容和同情。而清朝洪昇創作的戲劇《長生殿》更把這個故事推升到堅貞不移的愛情跨越生死界的藝術高度，因而一經推出便引起觀眾廣大的回響。《長生殿》與《牡丹亭》、《西廂記》、《桃花扇》並列為中國古典四大名劇，迄今歷久不衰。

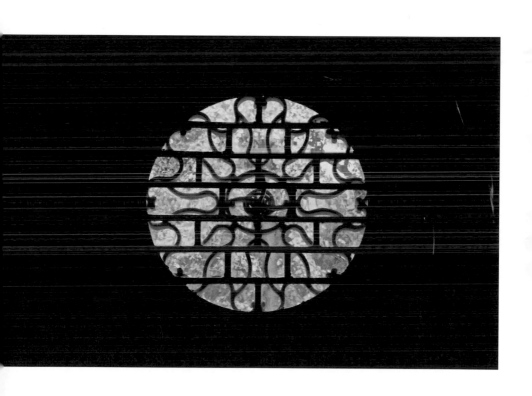

陟

滿清才子納蘭性德詞風哀傷英年早逝

　　納蘭性德，字容若，葉赫那拉氏家族出身，父親納蘭明珠是清康熙皇帝的一品大臣。納蘭性德自幼飽讀詩書，文武雙修，非常博學，二十二歲中進士，成為康熙皇帝的一等近身侍衛，曾隨聖駕南巡江南，駐蹕江寧織造府，與《紅樓夢》作者曹雪芹的祖父曹寅曾同為康熙侍衛，有過詩文往來。納蘭性德寫詞情真意切，景物主體以水、荷為多，詞風清麗婉約，格韻哀感雋秀，有南唐後主李煜的遺風，二十四歲即把自己的詞編選成集，後人把其詞集合編成《納蘭詞》。納蘭性德，貴族出身，文武雙全，青年才情，二十歲結婚，但婚後三年，愛妻卻難產去世，這也是他日後詞風哀感淒清的原因，也因為這一打擊，讓他心中情愫無人可訴，對功名追求意散闌珊，三十歲就英年早逝。《納蘭詞》被後世評為清代詞人三大家之一，而納蘭性德被譽為滿清第一詞人，其中「人生若只如初見，何事秋風悲畫扇。」和「我是人間惆悵客，知君何事淚縱橫。」等皆是其名句。

勝

蒲松齡寫《聊齋誌異》針砭社會時事

　　蒲松齡字留仙，濟南府（今山東淄川縣）人，清代著名文學家，外號「聊齋先生」，是中國狐鬼奇譚異事短篇小說的代表人物。早年應鄉試未中，後為私塾老師，平日喜歡蒐集民間奇聞異事，好與人談鬼，中年時已陸續完成許多狐鬼題材的短篇小說，名為《聊齋誌異》，當時雖屢遭旁人冷嘲熱諷，仍不改志向。《聊齋誌異》故事情節雖多鬼狐精魅，但蒲松齡跳脫傳統宗教迷信的束縛，對角色的幻想賦予文學的審美觀念，蒲松齡尤其對女性是尊重而同情甚至是美化的，因而故事中的角色大都良善而俠義並頗富才情。從小說情節來說，《聊齋誌異》也借人鬼之間來針砭社會的現實問題，尤其是暗諷當時魚肉百姓的貪官污吏和為富不仁的土豪劣紳，以及世態炎涼的淡薄人情。《聊齋誌異》的故事不但屢被改編成戲曲、電影，也被翻譯成超過二十種語言行銷世界，堪稱中國小說文學的一朵奇葩。

陝

吳楚材吳調侯叔侄兩人合編《古文觀止》

　　吳楚材和吳調侯叔侄兩人皆是清朝浙江山陰（今浙江紹興）人，康熙年間，他們皆沒有中舉當官，但均飽覽經典，在民間長期從事私塾教學。起初，他們基於對童子授課的需要而開始編了一些講義，後來講義越編越精，最後竟合力編成《古文觀止》一書。和南北朝時梁朝蕭統所編的《昭明文選》以賦和詩為主不同，《古文觀止》所選古文以散文為主，加上少數駢文，在年代的選擇上重先秦、兩漢和唐宋，而輕兩晉六朝和明代作品。儘管如此，該書所挑選的盡是語言精煉、思想精辟而藝術性較高的散文大家名篇。在散文來源的選擇上，先秦作品出自《左傳》的最多，兩漢作品出自《史記》的最多，而唐宋文章以唐宋八大家中韓愈、柳宗元、歐陽修、蘇軾的最多。在文章的屬性上，本書包含甚廣，題材上也非常豐富，舉凡策論、列傳、記事、遊記、奏表、諫言、檄文、雜說、書信、序文、祭文、墓誌銘等，幾乎無所不包。《古文觀止》自問世以來受到教學單位的重視和青睞，影響深遠，時至今日仍是中國青年學子學習古文最佳的選本。

勝

孔尚任的亂世兒女悲劇《桃花扇》

　　《桃花扇》是清康熙年間由劇作家孔尚任創作的傳奇戲劇，它是描述明末南京在戰亂烽火下，男女主角侯方域和李香君之間的悲歡離合。故事情節是：「明末李自成攻破北京，明思宗崇禎皇帝自縊煤山，馬士英和阮大鋮在南京擁福王登基，改元弘光，此時明末四公子之一的侯方域來南京科考不中，卻姻緣際會結識李香君，兩人情投意合，侯方域題詩扇贈李香君作為定情信物。奸臣魏忠賢餘黨阮大鋮為籠絡侯方域，主動替其置辦聘禮，但為李香君識破，退回嫁妝。侯方域因故被誣陷暗通叛軍，逃往揚州投奔史可法，李香君被阮大鋮逼迫改嫁不從，以死相抗，竟血濺定情詩扇，血痕經友人潤筆成桃花，遂成桃花扇。侯方域接到李香君託人送來的桃花扇，悲憤欲絕，跑去南京探望，卻被捕入獄。清軍南渡，弘光政權消亡，侯方域出獄暫避棲霞山，卻在白雲庵和李香君重逢，但這對歷經磨難的亂世兒女，情緣已盡，雙雙就地出家。」這個戲劇的關鍵信物是以死明志用鮮血濺染的桃花扇，透過這把桃花扇來貫穿戰亂年代，兒女私情的無奈和家國滅亡的悲哀。《桃花扇》劇情迂迴跌宕，張力緊馳，感人肺腑，甫一推出便獲得觀眾回響，與《牡丹亭》、《西廂記》、《長生殿》並列為中國四大古典名劇，至今仍廣受讚譽。

勝

歷經康熙雍正兩朝完成的巨著《古今圖書集成》

　　始於清康熙年間編撰而成書印行於雍正時代的《古今圖書集成》是一部大型的百科全書，它的範圍極廣，包含天文、地理、社會、經濟、文學、藝術、宗教、動植物、民間工藝等等，全書共有 10000 卷，共分 5020 冊，約有 1.6 億字，和明朝永樂年間的《永樂大典》以及清乾隆年間的《四庫全書》合稱中國古代三大皇家巨著。《古今圖書集成》的編者是福建人進士出身的陳夢雷，他在康熙年間歷時六年編修完成，最初名叫《古今圖書匯編》，但未能刊印，康熙死後，雍正即位，由於皇權的政治鬥爭，陳夢雷被流放，雍正改命蔣廷錫重新編校，改名《古今圖書集成》而後排版印刷，就這樣此書從編撰到成書，歷經兩朝共計 28 年才完工。《古今圖書集成》問世後的 47 年《四庫全書》才出來，雖然在全書體量上不及《四庫全書》，但在內容博廣度和實用性上《古今圖書集成》超越《四庫全書》，可以說它在匯編保留古籍的豐富性上更完整。

陟

曹雪芹傾盡一生創作經典小說《紅樓夢》

　　《紅樓夢》被譽為中國四大名著之一，作者曹雪芹是清朝人，其祖父本是漢人，後因跟隨康熙征戰有功，被封為掌管南京江寧織造府的大官。曹雪芹小時候在富貴風流之家，過著優渥榮華的生活，但曹家在雍正年間因虧空獲罪而被抄家，曹雪芹遂隨家人遷回北京老宅，生活窘迫之下只能靠賣字畫維生，之後潛心小說創作。《紅樓夢》敘述一個大家族的興衰起落和愛恨情仇，小說中對於人事時地物的描寫相當細膩，眾多《紅學》研究迷普遍認為，那就是曹雪芹的親身經歷，而小說中的男主角賈寶玉實則就是他本人的化身。共一百二十回的章節中，前八十回和後四十回風格手法有明顯不同，據載曹雪芹寫完前八十回就死了，後四十回可能是乾隆年間《紅樓夢》的編輯和出版者之一的高鶚所為，目前沒有定論。不管如何《紅樓夢》是曹雪芹傾盡畢生心血完成的唯一一部小說，如今是中國流傳最廣的一部偉大文學巨著之一。

勝

乾隆的世紀文化整頓工程《四庫全書》

　　《四庫全書》是清代乾隆年間編修的一套大型叢書，在皇帝本人的親自主持下，由紀曉嵐等 360 多位高官和學者編撰，招募 3800 多人抄寫，歷時 13 年才修成。內容分經、史、子、集四部，故名四庫。此書共收錄 3462 種圖書，總計 79338 卷，36000 多冊，共約 8 億字，中國文、史、哲、理、工、醫等幾乎所有的學科都包含其中，是中國歷代以來規模最宏大的圖書，也是當時世界體量最大的圖書。《四庫全書》的貢獻是它有系統的目錄編撰保留了中國古典的學術著作，但清朝的統治者基於政治目的，在徵集民間收藏和編修過程，卻也銷毀了大量不利於統治者的古書，另外偏重儒家，輕視西方科技，排除軍事和邊防，刪改某些古籍內容和扼殺非議清廷的言論等，也飽受後世批評。《四庫全書》完成後共抄寫了七套，分藏于清朝各地的藏書閣，後來多套毀于英法聯軍入侵和太平天國運動，目前保留下來僅剩一半即三套半，分藏于大陸和台灣兩地的博物館和圖書館。《四庫全書》編撰之初雖有排除異己的政治目的，但這套耗費巨資和人力完成的文化百科全書，能流傳至今仍不失為中華民族的偉大寶貴資產。

勝

唐代詩歌的精華薈萃《唐詩三百首》

　　中國的詩歌從《詩經》、《漢樂府》一路演變，到唐代時名人輩出，百花齊放，鼎盛非凡，因而《唐詩》登上我國古代詩歌史上的巔峰。早在唐代就有許多唐詩選本，收錄當時名家的詩篇，而到清朝康熙年間編定的《全唐詩》中共收錄了唐代詩人四萬八千九百多首詩，因為數量過於龐大，非一般人有能力誦讀，故很難流傳。乾隆年間翰林院學士，詩人沈德潛以《全唐詩》為藍本，又重新編選了唐詩為《唐詩別裁集》，但其中仍收錄唐詩高達一千九百多首，常人仍是很難消受，無法全讀，因此民間也並不普及。後來同為乾隆年間進士出身的蘅塘退士（原名孫洙）再以《唐詩別裁集》為藍本，去繁為簡，挑選其中膾炙人口而且易於朗誦的名詩彙編成《唐詩三百首》，此本一出，民間流傳甚廣。《唐詩三百首》收錄詩人名家77位，共311首，其中數量最多的前四名，分別是杜甫、王維、李白、李商隱。《唐詩三百首》不但在我國成為文化啟蒙教材，還被翻譯成外國語言風行海外，有「熟讀唐詩三百首，不會作詩也會吟」的美譽，堪稱中華文化瑰寶。

勝

沈復《浮生六記》打破中國傳統禮教束縛

　　《浮生六記》是一部自傳體的散文，作者沈復，字三白，清朝嘉慶年間長洲（今江蘇蘇州）人。書名之「浮生」乃引用唐代大詩人李白《春夜宴從弟桃花園序》中的名句：「夫天地者，萬物之逆旅也；光陰者，百代之過客也。而浮生若夢，為歡幾何？古人秉燭夜遊，良有以也。」《浮生六記》的內容主要是沈復自述和妻子陳芸之間的《閨房記樂》、《閒情記趣》、《坎坷記愁》、《浪遊記快》；此書本來有六卷故稱六記，但有兩卷佚失，目前真本只有四卷。中國歷來描述男女之間的情愛詩文，有宮廷艷史、腐敗政治下的愛情悲劇、青樓風月中的紅塵知己等，但礙於傳統儒家禮教約束，很少有描述夫妻生活之間情趣至愛的文章，而沈復這種直白率真，沒有詞藻雕飾的文章更是稀有。《浮生六記》沈復生前並沒刊印，日後於舊書攤被發現殘稿，始整理發行，此書一出，受到大眾關注，尤其受到追求愛情自由之青年男女的熱愛，還被翻譯成多國語言流通海外。

陟

魏源於鴉片戰爭的硝煙中完成《海國圖志》

　　《海國圖志》是中國第一部介紹海外國家歷史、地理、政治、文化、宗教、教育、交通、火炮武器和戰艦技術等的書籍，此書引用許多外國圖書和報紙並經過翻譯編撰而成。《海國圖志》的作者是清朝的思想啟蒙家和文學家魏源，魏源和時任江蘇巡撫的林則徐交往甚密，清道光年間，公元 1839 年就任湖廣總督的林則徐奉皇帝之命，以欽差大臣的身分到廣州虎門銷煙，林則徐為了和英國貿易代表交涉，組織門下收集外國的書刊報紙翻譯編撰成《四洲志》一書，用以了解外國的狀況。虎門銷煙最後引發中英鴉片戰爭，清朝戰敗，林則徐被削職，流配新疆伊犁戍邊，臨行前林則徐把《四洲志》和相關文獻送給老友魏源，並囑託繼續完成其未竟志業；魏源不負重任，於虎門銷煙後的第五年完成《海國圖志》。魏源撰寫《海國圖志》的用意在於「師夷長技以制夷」，亦即了解和學習外國的長處而達到打敗敵人的目的，而當時夷之長技有三：一戰艦，二火器，三養兵練兵之法。《海國圖志》不但開啟近代中國對外面世界的視野，傳入日本後也對日本的明治維新產生重要的影響。

勝

敦煌遺書重見天日卻歷經歷史浩劫

　　清光緒二十六年（1900 年）道士王圓籙在敦煌清理莫高窟佛洞時，發現牆壁之後有一密室藏著巨量的佛教經卷等文物；後經計算高達 5 萬多件。1907 年英國人斯坦因來到敦煌騙買取走部分文物；1908 年法國漢學家伯希和也來到莫高窟騙買取走大量經卷文物；繼之又有俄國人、日本人和美國人先後從莫高窟騙買取走大量經卷。就這樣總數高達 3.5 萬卷的敦煌經卷和文物流落海外，等清廷派人接管這批敦煌遺書後又被貪官監守盜賣，最後被收錄在北京國庫的不及原來總數的三分之一。敦煌在古時是漢唐絲綢之路的往來重鎮，是中西文明交流的主要城市，這批敦煌遺書包括從東漢到元代（4 到 11 世紀）各種手抄本和印刷本，內容除佛經之外，有天文、地理、歷史、政治、軍事、哲學、文學、藝術、水利、科技、農業……等等，項目超過 20 個種類，是中古時期中國非常珍貴的文獻資料。歷經歷史浩劫的敦煌遺書如今散落世界各國圖書館和博物館以及私人手中，至今都沒有一個完整的目錄，這在中國文化盛事上真是一大遺憾。

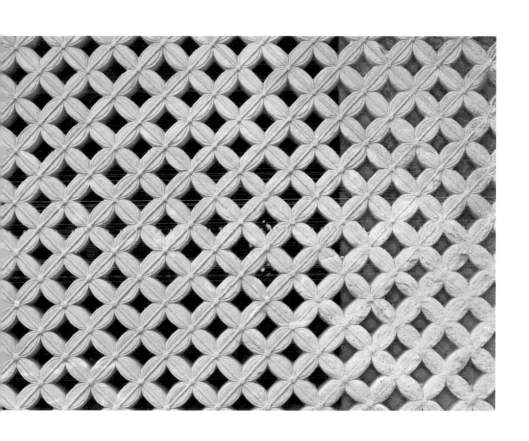

勝

王懿榮生病抓藥揭開甲骨文的古老祕密

　　甲骨文是殷商王朝占卜問事而後刻在龜甲和獸骨上的文字，也是中國最早的文字體裁。清光緒年間，在北京任國子監祭酒（今國家大學校長）的官員王懿榮，因生病抓藥卻偶然發現藥材中有一塊龍骨刻有文字，他精通古代金石銘文，經研究把它斷為商代文物，因此開始大量購買收藏約一千五百片。八國聯軍入侵北京，他以死殉國，其甲骨文收藏轉歸到好友《老殘遊記》作者劉鶚手中，劉鶚又到處收購擴大收藏達五千多片。甲骨文在學術界傳開之後，商家為牟利祕而不宣甲骨文出處，經劉鶚友人學者羅振玉棄而不捨的調查，最終確認出土于河南殷墟（今安陽市小屯村）。殷人尊神敬鬼，殷商王室舉凡農耕、捕魚、打獵、祭祀、征伐、生育、疾病等皆要占卜吉凶，而占卜所問之事，事後便用文字契刻於龜甲獸骨之上。甲骨文自發現後歷經許多學者研究，在已出土的十幾萬片的甲骨中，含有不同的文字圖形四千五百多字，現已解譯出來的約有一千七百多字。甲骨文的發現和破譯是考古界的偉大成就，它同時也彌補了華夏文明在古代歷史殷商王朝文獻記載的空白和欠缺，也是中華文化的重大盛事紀要。

倚

晚清詞人朱孝臧編選《宋詞三百首》

　　中國的詩歌從《詩經》、《楚辭》、《漢樂府》、《魏晉南北朝詩歌》、《唐詩》，一路演變，高歌猛進，到了宋朝發展出以長短句和音律規範詞牌的《宋詞》，不同於唐詩，因唐代國力強盛，對外征戰而表現的渾宏大氣，宋詞在宋朝內憂外患，國力式微的環境下，轉而內斂而細膩，尤其詞風有更多生活化的審美觀以及帶有些許優柔懷傷的調性。和唐詩一樣，在多如繁星的作品中，一般人想要全覽宋詞全集，實屬不易，故清人朱孝臧著手編選《宋詞三百首》，此書一出成為宋詞最流行的選本。朱孝臧，原名祖謀，浙江歸安人，清朝光緒年間進士，晚清四大詞人之一，因受清朝浙西詞派和常州詞派的影響，他編選的宋詞詞家中，收錄最多作品的前四名分別是吳文英、周邦彥、晏幾道、姜夔。《唐詩三百首》收錄詩人作品多寡的排名，和後世對詩人的評價比較一致，但《宋詞三百首》收錄的詞人作品多寡，和後世對詞人的評價落差較大。

薜

王國維以文學評論的新高度寫《人間詞話》

　　王國維，浙江海寧人，清末民初著名的文學家、哲學家、戲曲學家、美學家。王國維出身官宦書香世家，自幼受良好教育的熏陶，曾考中秀才，留學日本，辛亥革命，清朝滅亡後，旅居日本四年多，回國後受聘於清遜帝溥儀在紫禁城南書房行走。溥儀出宮後，王國維受聘於清華大學授課，培育中國文學、哲學、考古學後進，但五十歲那年，自沉於北京頤和園昆明湖魚藻軒，死因眾說紛紜。王國維博覽中外群籍，他的治學理念是中西合璧，他是把中國歷史學和考古學的研究合而為一的第一人，也是把西方哲學研究方法帶入中國傳統理、哲學的先驅，他更利用西方哲學、文學、美學的理念，內化成自己的藝術觀對中國詩詞進行剖析，其中《人間詞話》便是其最出名的代表作。在《人間詞話》中，王國維認為詩詞的上乘之作為情境交融，若只是單獨寫情或寫境，只能算次品。他並在其中談到了治學經驗，他說：「古今之成大事業、大學問者，必經過三種之境界。」第一種境界：「昨夜西風凋碧樹。獨上高樓，望盡天涯路。」這詞句出自北宋晏殊的《蝶戀花》，第二種境界：「衣帶漸寬終不悔，為伊消得人憔悴。」這詞句來源於北宋柳永的《蝶戀花》，第三種境界：「眾裡尋他千百度。驀然回首，那人卻在，燈火闌珊處。」此詞句引用南宋辛棄疾的《青玉案》。後世對唐詩宋詞的文學評論甚多，但王國維的評論，以藝術美學立論進入哲學思考層面，直指核心，煥然一新，至今仍是文學界的一塊豐碑。

康有為和梁啓超戊戌變法圖存救亡

　　戊戌變法又稱百日維新，是清末以康有為和梁啓超為代表的維新派人士，通過對光緒皇帝倡導學習西方，提倡科學文化，改革政治、教育制度，發展農、工、商業的資產階級改良運動。康有為和梁啓超認為清朝積貧累弱，屢遭外強欺負的原因，是傳統的政府機構其功能和制度已經無法適應新時代的需要，必需全面革新，但他們的改革損害了以慈禧太后為首的保守派官僚的利益，因而慈禧發動戊戌政變，光緒皇帝被囚，康有為和梁啓超分別出逃法國和日本，而譚嗣同等戊戌六君子被殺，變法歷經百日後失敗。康有為和梁啓超做為清朝體制內的菁英知識分子，他們雖然想富國強兵，救亡圖存，但是他們仍是擁護清朝皇權下想要改良國家的溫和派，被稱為保皇黨。而日後以孫中山為首的革命黨出現，卻和他們主張相反，革命黨認為滿清政權已經腐敗到無法運作這個國家，想要救亡圖存唯有革命推翻政權之後，再造國家政府和實行新的體制，才能富國強兵。梁啓超熟知中國歷史並吸收很多西方先進思想，曾經一度考慮和孫中山合作，但終究保皇黨反對革命黨的激進革命而最後反目，日後局勢變動詭譎，政府政權執掌者數度易手，梁啓超也一度數變他的主張和擁護對象，但是他的政治目的和愛國志向始終不曾改變，因而也被尊為中國近代思想啟蒙的領導人物。

椿

胡適提倡白話文成為新文化運動的領導者

　　胡適，安徽績溪人，民國時期中國著名的文學家、哲學家和教育家。胡適早年考取公費留學美國，初入康乃爾大學選讀農科，後轉入文學院就讀，之後又進入哥倫比亞大學哲學系，師從著名的教育家約翰‧杜威。回國後開始嘗試白話詩的創作，於北京大學任教後，又致力于白話文學的創作和推廣，並與徐志摩於上海創辦新月書店，出版和發行白話文學作品。在教育上胡適認為當時中國教育的失敗是因為還不曾有真正的教育，因此提倡要在最短年限內普及初等義務教育。處於中國舊社會和新社會交接的過渡期，在創建現代文明精神的體制中，胡適主張民主、法制、自由，在他看來即便是開明的專制，最後一定弄到強大的政府不受監督和制裁。在白話文學和新文化運動期間，魯迅和胡適曾經交往甚密，兩人彼此在文學方面的創作和努力還是互相讚賞的，但隨著兩人在政治路線上的分歧，左翼革命文學領袖魯迅和右翼文學泰斗胡適最後遂針鋒相對，水火不容，從此分道揚鑣。綜觀胡適在文學、哲學、史學、現代詩、西方小說翻譯等方面皆有很高的成就，他受戊戌變法領袖梁啓超的思想啟發，做為近代中國知識分子的菁英，他不但主張把中國傳統哲學現代化，在教育上更是推動了中國現代白話新文化的變革，影響日後海峽兩岸深遠。

新現代

徐志摩作《再別康橋》把新詩推向高峰

　　徐志摩，浙江海寧人，民國初年著名的詩人和作家，也是新月派代表詩人。徐志摩出身于浙江著名的經商世家，早年曾留學美國學習銀行金融和經濟學，但也選修社會學、歷史學、政治學，後來興趣又轉到了哲學和文學。在美國期間他受到了英國哲學家羅素的吸引，跑到倫敦後沒能如願從學羅素，倒是結識了民國才女林徽因和英國作家狄更斯，正是狄更斯的推薦，徐志摩進入康橋大學（現劍橋大學）研究政治經濟學，在此他受到浪漫主義和唯美派詩人的影響，開始創作新詩，他的新詩代表作《再別康橋》便是在這個時期創作的。徐志摩于美歐留學返國後開始在報刊上發表大量詩文，並且借用印度著名詩人泰戈爾的詩集《新月》之名，在北京和文學同好成立了新月社，致力于新詩的研究和創作。徐志摩才華洋溢，詩風清新優美，浪漫飄逸，他對個人主義的理想和愛情自由的追求，除了在現實生活中演繹得轟轟烈烈之外，在他的文學作品和新詩中也表露無遺。他的詩風對後來新詩的發展影響深遠，而《再別康橋》的名句「悄悄的我走了，正如我悄悄的來，我揮一揮衣袖，不帶走一片雲彩。」那種瀟灑的身影，獨立浪漫，更是令後世青年學子對這位才子詩人崇拜不已。

近現代

第一個研究和翻譯《莎士比亞》的中國作家 梁實秋

梁實秋，浙江杭州人，中國現代和當代著名的散文家、文學評論家、翻譯家。曾赴美留學，取得哈佛大學文學碩士，學成歸國後在各大學任教並從事寫作和翻譯工作，也曾和徐志摩、胡適、聞一多等人創辦新月書店；在文學上主張文學無階級，反對文學被當成政治工具，和當時的左翼作家魯迅等人，一直筆戰不斷。梁實秋認為偉大的文學必是忠於人性，人性是測量文學的唯一標準，因而他不關注文學是否表現了時代精神、革命理論和傳統思想，他更看重文學能否表現普遍和固定的人性。梁實秋創作的作品中以散文和翻譯數量最大，其中《雅舍小品》、《雅舍雜文》、《雅舍談吃》等皆是著名的散文集，而諸多翻譯作品中以莎士比亞的作品最為出名，像《哈姆雷特》、《威尼斯商人》、《莎士比亞戲劇集》、《莎士比亞詩集》等，堪稱是研究莎士比亞的權威，也是中國翻譯莎士比亞作品的第一人。梁實秋才華洋溢，作家冰心曾這樣評價說：「一個人應當像一朵花，不管男人和女人。花有色、香、味，人有才、情、趣，三者缺一，便不能做人家的一個好朋友。我的朋友之中，男人中只有實秋最像一朵花。」

近現代

林語堂以閒淡意趣的文筆開創中國式幽默

　　林語堂，福建龍溪（今福建平和）人，中國近代、現代著名的作家、翻譯家、語言學家，年輕時赴美、德留學，取得文學碩士和語言學博士學位，回國後曾任教於清華、北京、廈門等大學，並長期從事各類文學創作。林語堂的創作比較多元，有散文、雜文、小說、評論、傳記、漢譯英作品、英譯漢小說、漢英詞典等，散文雜文類以《吾國與吾民》、《生活的藝術》等較為有名，而《京華煙雲》是其小說代表作，傳記類名著則有《蘇東坡傳》和《武則天傳》、漢譯英著作有《浮生六記》、《東坡詩文選》，另外《林語堂漢英詞典》堪稱是他在語言學方面的巔峰之作。林語堂的文學風格，是一種閒淡意趣式的自由主義精神，他不像當時的左翼作家帶著時代使命感式的戰鬥文風，他的筆調輕鬆幽默，雅俗共賞，有幽默大師的封號。他自己認為：「世上有兩個文字礦，一個是老礦，一個是新礦。老礦在書中，新礦在普通人的語言中。次等的藝術家都從老礦中去掘取材料，唯有高等的藝術家則會從新礦中去掘取材料。」林語堂的創作豐富多元，又有許多中國古典文章漢譯英作品面向世界，曾兩度獲諾貝爾文學獎提名。

老舍的創作成為現代京味小說的源頭

　　老舍，原名舒慶春，北京滿族正紅旗人，中國現代著名的小說家，曾為末代皇帝溥儀的自傳《我的前半生》潤稿。父親是一位滿族軍人，于八國聯軍攻打北京城時陣亡，他本人則經歷清帝國的滅亡和民國的誕生以及後來新中國的成立，最後則於 1966 年的文化大革命中因不忍屈辱，在北京太平湖投湖自盡。由於自身的生活經驗，老舍的小說帶有濃厚的地方色彩，他的諸多作品中總是以北京這座城市中的人物，尤其是中下階層的市井小民為角色，生動地描述他們處於一個巨變的年代，在封建守舊社會被歷史潮流的衝擊下，他們所面臨的惶恐、猶豫、無奈、進退維谷和不知所措。在沉重的生活中用一種詼諧的筆調，細膩地表達這些三教九流人物的喜怒哀樂，他的字裡行間透露一種「京味兒」的語言藝術，是從生活中的北京白話淬煉出來的。老舍的代表作有小說《四代同堂》、《駱駝樣子》等，而劇本《茶館》、《龍鬚溝》至今仍被搬上舞台演出，可以說老舍的作品是現代京味小說的源頭。

近現代

朱自清把古典詩詞融入現代散文的創作

　　朱自清，他的名字取自《楚辭卜居》「寧廉潔正直以自清乎」，故居在江蘇省揚州，中國近代著名的散文家、詩人。北京大學哲學系畢業，積極參與許多新文學運動，與葉聖陶創辦過《詩》月刊，後曾留學英國和漫遊歐洲諸國，回國後於各大學任教，並從事詩集和散文集的創作以及古典文學的研究。朱自清的詩作不多，後期以散文創作為主，名篇有《背影》、《荷塘月色》、《匆匆》等，他的散文言志而抒情，風格清新秀麗，他本人喜歡中國古典詩詞，因此在許多抒情散文中，可以明顯地看出他把自己的情以詩詞般的意境，在各種場景中深沉地流露出來。從抗日戰爭、五四運動到國共內戰，朱自清一直都是一個積極活躍的愛國主義知識分子，他創作的散文風格對日後中國的散文發展有很重要的影響。

近現代

魯迅棄醫從文成為中國現代思想解放先驅

　　魯迅，原名周樹人，浙江紹興人，中國現代著名的文學家和思想家，他的小說、散文、雜文、社會批判等作品，對五四運動後的中國社會現代化思想產生了一定的影響。魯迅早年考上公費留學，赴日本學醫，在日期間受日俄戰爭歷史的啟發，棄醫從文，逐漸走上了文藝領域路線，歸國後更是致力于文學創作、翻譯、批判以及思想研究。魯迅處於中國新舊社會交替的過渡年代，他的諸多作品中有許多是諷刺、挖苦、批判封建舊社會的迂腐和不合時宜，並致力于改革舊文化思想，因此成立中國左翼作家聯盟，在推廣現代化思想的浪潮中，常在文藝上和反對派口誅筆伐，激烈論戰，表現出文人為理想奮鬥而不屈不撓的風骨。魯迅是個文藝涉獵極廣的思想家，他的作品涵蓋小說、散文、雜文、新詩、學術專著、美術、版畫、外國文學作品翻譯等，毛澤東曾盛讚魯迅的骨頭是硬的，沒有絲毫的奴顏和媚骨；是文化戰線上的民族英雄。魯迅在國共內戰期間的文化鬥爭路線上是旗幟鮮明的，他對中國在通往現代化思想的影響也是巨大的，他的一些文章至今仍被選讀為青年學子的教材。

近現代

沈從文的鄉土社會寫實小說《邊城》震撼人心

　　沈從文，湖南鳳凰縣人，著名的中國近代文學小說家，他的作品有許多以湘西為背景而創作的小說和散文，《邊城》是其代表作。處在戰亂年代，沈從文國小畢業後，便隨著部隊從軍流徙于湘、川、黔邊境和沅江水域一帶。沈從文雖然只有國小畢業，但他自學成才，他自己說他的自學成長之路從一本字典開始。沈從文創作的小說和散文極為豐富，而題材和他當兵期間行走各地有關，烽火年代，他目睹了鄉野老百姓生活的貧賤心酸，以及腐敗官僚的為非作歹。小說中那些在底層求生存的人們，用他們自己的方式像泥土上的動物堅忍地活著，沈從文以極大的包容和同情心，生動地描述這些卑微小人物的悲歡離合，這種非常接地氣的鄉土文學，在民國時期的近代文學中獨樹一格，超越許多人的生活經驗，讀來震撼人心。中國近代文學在民國早期以留學美、英、日的作家為主流，像胡適、林語堂、梁實秋、徐志摩、朱自清、老舍、魯迅等皆是，他們經歷和看到的大部分是大城市的角度，而沈從文更多的是山野鄉間的視野，有著絕然不同的生命張力。沈從文曾兩度被提名為諾貝爾獎文學獎評選候選人，雖沒當選，但依然沒有減低他的文學作品魅力，如今他的作品被翻譯成四十多個國家的文字出版，風行海內外。

近現代

戴望舒以一首《雨巷》名留現代詩壇

　　戴望舒，浙江杭州人，民國初年之中國現代詩人、翻譯家。年輕時曾留學法國，回國後與卞之琳等人創辦過《新詩月刊》，也和艾青等人主編文學雜誌。戴望舒是一個愛書的文人，但一生情感之路不順，可能不善表達內心和溝通，三次婚姻皆為女方所離。戴望舒也曾寫過幾部小說，但沒有他的詩歌有名，處在民國初年，他是現代詩的開創者之一，可能由於個人遭遇男女感情的挫折和對紛亂的時局產生迷惘，他的詩歌帶著憂鬱的情思，雖然以現代白話詩的形式來表達，但是蘊含著濃濃的古典意象，有晚唐詩人溫庭筠和李商隱的味道。他的詩歌代表作是以江南為背景的《雨巷》：「撐著油紙傘，獨自彷徨在悠長，悠長又寂寥的雨巷，我希望逢著一個丁香一樣地結著愁怨的姑娘。他是有丁香一樣的顏色，丁香一樣的芬芳，丁香一樣的憂愁，在雨中哀怨，哀怨又彷徨……」這首詩雖然詩中出現的是女子，但事實上透露作者本人對自身情感的彷徨和憂愁，戴望舒也因為這首詩而留名，並被冠以「雨巷詩人」的封號。

近現代

張愛玲以說書者的筆調創作小說轟動華人世界

　　張愛玲，1920 年出生于上海，中國現代著名的女作家。他的身世顯赫，外曾祖父是清朝重臣李鴻章，祖父張佩綸也是清末名臣，但從小父母離異，他對父親沒什麼感情，對母親則是既愛又恨。從小就展露寫作的才華，七歲就開始寫小說，十二歲就在校刊和雜誌發表作品，十九歲在香港讀大一時她在雜誌投稿《我的天才夢》裡寫出經典名句：「生命是一襲華麗的袍，上面爬滿了蝨子。」後來香港受戰爭波及，她回上海創作小說維生，開始在上海文壇嶄露頭角，她最出名作品大抵在此期間產出，之後她結識並嫁給了胡蘭成，這段只維持兩年的婚姻，帶給張愛玲相當大的傷害，十年後他赴美並與德裔劇作家賴雅結婚，兩人生活十年，於丈夫亡故後，張愛玲幾乎獨居近三十年而終老。張愛玲的小說主要圍繞在婚姻、家庭、愛情、女人的命題上，帶有相當濃厚的女性主義色彩，他直白地揭露男權社會和傳統文化對女性的摧殘，同時對女性本身人格的弱點和退縮進行了探索和批判，《傾城之戀》、《紅玫瑰與白玫瑰》、《半生緣》、《金鎖記》、《色戒》等都是其著名小說，曾經在華人世界引起很大的轟動和迴響，張迷遍及海內外。張愛玲的小說創作內容和風格與她本人的家庭背景和成長經歷有很大關係，她總是以冷峻的說書者的筆調去敘述面對各種情感互動下的人間百態。她的個性孤高同時面對感情又是卑微的，也許美好總是短暫而易逝，面對現實的社會她有所逃避，但內心的情感又在她創作的小說裡表露無遺，這可能就是張愛玲作品的獨特魅力所在吧！

趙現代

後記

　　世界上的古老文明，如今只有中華文明歷經五千年沒有
中斷地延續下來，也只有中國至今仍然在使用古老發明的漢
字，這是中國文人盛事的久遠傳承，也是人類歷史的奇蹟。
中國文人盛事的歷史開端萌芽於夏商周，進入春秋戰國時諸
子百家爭鳴，蓬勃發展，各領風騷，而後歷經漢唐一路高歌
猛進，但達到巔峰卻在宋代，當時的文學、藝術、科技、經濟、
娛樂都位居世界之冠，因而中國文人盛事的發展代表著歷史
文明的高度。中華文明曾經大放異彩，也一度盛極而衰，文
人盛事到明朝中葉之後已稍顯停滯衰退，而從清朝一直到近
現代大約有三百多年的時間，更是處於文明的低潮期，一個
文明的底蘊是歷史和時間的積累，未來中華文化的偉大復興，
仍與中國文人盛事的發展息息相關。

　　參考書目：本書的歷史紀要主要參考百度百科

楊塵攝影集（1）

我的攝影之路：用光作畫

慢慢自己才發現，原來虛實交錯之間存在一種美妙的美感……

楊塵攝影集（2）

歲月走過的痕跡

用快門紀錄歲月走過的痕跡，生命的記憶又重新倒帶。

楊塵攝影文集（1）

石之語

有時我和那石頭一樣堅硬，但柔軟的內心裡，想要表達的皆已化成了石頭無盡的言語。

楊塵攝影文集（2）

歷史的輝煌與滄桑：北京帝都攝影文集

歷史曾經在此走過它的輝煌盛世和滄桑歲月，而驀然回首已是千年。

楊塵攝影文集（3）

歷史的凝視與回眸：西安帝都攝影文集

歷史曾經在此凝視它的輝煌盛世，而回眸一瞥已是千年。

楊塵攝影文集（4）

花之語

花不能語，她無言地訴説心中的話語；人能言，卻埋藏著許多花開花落的心事。

楊塵攝影文集（5）

天邊的雲彩：世界名人經典語錄

幻化無窮的雲彩攝影搭配世界名人經典語錄，人世的飄渺自此變得從容。

楊塵攝影文集（6）

攝影旅途的奇妙際遇

攝影的旅途上，遇到很多人生難得的際遇，那些奇妙的際遇充滿各種驚豔、快樂、感動和憂傷。

楊塵攝影文集（7）

中國文人盛事紀要五千年

在五千年歷史的長河裡，中國文人盛事紀要璀璨如天上繁星，作者化繁為簡把其中最重要和精彩的部分，以精煉的文字配上如歷史一面鏡子的窗攝影照片，交織成一本以華夏文明經典作品為主要目錄的簡介，也是一本中國文學導讀的入門書。

楊塵私人廚房（1）

我愛沙拉

熟男主廚的 147 道輕食料理，一起迎接健康、自然、美味的無負擔新生活。

楊塵私人廚房（2）

家庭早餐和下午茶

熟男私房料理 148 道西式輕食，歡聚、聯誼不可或缺的美食小點！

楊塵私人廚房（3）

家庭西餐

熟男主廚私房巨獻，經典與創意調和的 147 道西餐！

楊塵生活美學（1）

峰迴路轉

以文字和照片共譜的生命感言，告訴我們原來生活也可以這麼美！

楊塵生活美學（2）

我的香草花園和香草料理

好看、好吃、好栽培！輕鬆掌握「成功養好香草」、「完美搭配料理」的生活美學！

吃遍東西隨手拍（1）

吃貨的美食世界

一面玩，一面吃，一面拍，將美食幸福傳遞給生命中的每個人！

走遍南北隨手拍（1）

凡塵手記

歌詠風華必以璀璨的青春，一本用手機紀錄生活的攝影小品。

國家圖書館出版品預行編目(CIP)資料

中國文人盛事紀要五千年／楊塵著. --初版.--新
竹縣竹北市：楊塵文創工作室，2022.3
　　面；　公分.──（楊塵攝影文集；7）
ISBN 978-986-99273-7-6（精裝）
1.CST: 中國文學
820　　　　　　　　　　　　　110022141

楊塵攝影文集（7）

中國文人盛事紀要五千年

作　　　者　楊塵
攝　　　影　楊塵
發 行 人　楊塵
出　　　版　楊塵文創工作室
　　　　　　302新竹縣竹北市成功七街170號10樓
　　　　　　電話：（03）667-3477
　　　　　　傳眞：（03）667-3477
設計編印　白象文化事業有限公司
　　　　　　專案主編　黃麗穎　經紀人：徐錦淳
經銷代理　白象文化事業有限公司
　　　　　　412台中市大里區科技路1號8樓之2（台中軟體園區）
　　　　　　出版專線：（04）2496-5995　　傳眞：（04）2496-9901
　　　　　　401台中市東區和平街228巷44號（經銷部）
　　　　　　購書專線：（04）2220-8589　　傳眞：（04）2220-8505
印　　　刷　基盛印刷工場
初版一刷　2022年3月
定　　　價　350元